Liano, je te sauverai

FLORENCE REYNAUD

LIANO, JE TE SAUVERAI

Castor Poche Flammarion

I. Paloma

Paloma fait zigzaguer sa mobylette entre les flaques d'eau du chemin. Les gravillons crissent sous les pneus, un bruit familier qui l'enchante. Cheveux débordant du casque en mèches rousses, yeux dorés et malicieux sous la visière, Paloma chantonne : « Liano je t'aime ! Liano je t'aime ! »

C'est mercredi, le jour préféré de Paloma, car là-bas, à moins de deux cents mètres, se dressent les bâtiments du centre équestre, encore à demi cachés par une rangée d'arbres.

Paloma ne parvient pas à chanter assez fort pour exprimer sa joie, son impatience. Autour d'elle, un soleil d'automne, blanc et vif, fait scintiller le paysage… Pourtant elle ne voit rien, ni la montagne ni l'eau moirée de la rivière coulant à quelques mètres. Aujourd'hui, pour la sixième fois, elle va monter Liano. Dans sa tête, il n'y a qu'une image, celle de ce cheval au nom étrange qui, un mois plus tôt, est entré au galop dans sa vie.

Cela s'est passé comment, ce coup de foudre? Ce matin, elle a écrit l'histoire de leur rencontre dans son journal. Les mots, les phrases, elle les connaît par cœur.

Je dois parler de Liano, un étalon de trois ans, un castillonnais bai, avec une énorme crinière noire, une encolure super… un regard tout doux… C'est moi qui l'ai débourré**, il est gentil comme un agneau! Je l'aime! La première fois que je l'ai vu, il était attaché dans la cour du centre équestre. Je me suis approchée, intriguée par ce nouveau cheval. Jean, le vieux palefrenier, m'a dit : «Fais attention, c'est un étalon, il mord!»*

J'ai demandé comment il s'appelait. Jean m'a répondu : «Liano.» À ce moment-là, Liano s'est

* Bai : cheval à la robe brun roussâtre, dont les crins et l'extrémité des membres sont noirs.

** Débourré : qui a eu son premier dressage.

retourné. Il m'a regardée, et dans ses yeux bruns j'ai lu un appel plein de douceur, de tristesse. Je l'ai caressé, je n'avais pas peur du tout. Le palefrenier s'est exclamé : «Dis donc, il t'aime bien, pour se laisser toucher comme ça...»

Je n'avais plus qu'une envie, le monter, m'occuper de lui. Marc, le moniteur, a accepté. Entre Liano et moi, il s'est passé quelque chose de magique...

Paloma pousse un soupir heureux. Elle est arrivée. Vite, elle appuie sa mobylette contre le mur, enlève son casque, le pose sur le porte-bagages. Elle attend un peu, siffle deux fois. Aussitôt, un bruit sourd lui répond, celui d'un cheval qui tape contre la porte de son box, puis un hennissement strident retentit. Paloma, ravie, court vers l'écurie. Liano semblait guetter son apparition.

— Génial, tu m'as reconnue!

L'étalon balance sa belle tête rousse, oreilles dressées. Entre les crins noirs de son long toupet brille un regard attentif.

Le cœur de Paloma se gonfle d'un bonheur farouche lorsqu'elle entoure de ses bras l'encolure du cheval et pose sa joue contre sa joue. Les yeux fermés, elle le caresse en chuchotant :

— Mon Liano, je t'aime tant ! Tu es le cheval le plus extraordinaire de toute la terre ! Si seulement tu pouvais rester ici pour toujours… Sois sage, je vais te faire beau ! Tiens…

Paloma offre un morceau de pain dur à l'étalon, puis se dirige vers la sellerie où est rangé le matériel de pansage. Le centre équestre paraît désert, bien que le moniteur doive déjà être dans son bureau, puisque sa voiture est garée à la place habituelle.

La reprise* commence à trois heures. Bientôt arriveront Marie, Élisabeth, Alice, Farid, Florian, les autres élèves… En passant devant le bureau, Paloma entend le bruit d'une discussion. Il s'agit sûrement de Marc, le moniteur et de la secrétaire, Karine.

« Autant leur dire bonjour tout de suite ! » songe-t-elle.

Un large sourire aux lèvres, Paloma monte les quatre marches menant à la porte. Alors qu'elle s'apprête à entrer avec un « salut » retentissant, une bribe de la conversation lui parvient. Une seule, qui l'arrête net. C'est Marc qui l'a prononcée d'un ton ennuyé :

* Reprise : cours d'équitation.

— Je crois bien que Liano va finir à l'abattoir...

Paloma n'ose plus avancer et retient son souffle. Le cœur serré, elle écoute la suite.

— Son propriétaire trouve qu'il manque d'énergie, d'allure !

Karine répond après un temps de silence :

— Dommage, c'est un beau cheval... Mais s'il est confirmé étalon, au concours du 28 octobre, il le gardera en reproducteur !

Marc réplique franchement, à sa manière :

— À mon avis, il ne sera pas confirmé ! Pas assez de qualités...

Effarée, Paloma recule. C'est impossible, Marc ne peut pas dire une chose pareille. Elle redescend le perron sur la pointe des pieds, avec l'impression de faire un mauvais rêve. Depuis la porte de son box, Liano l'observe, un brin de foin au coin de la bouche.

Paloma préfère s'enfuir. Elle doit se calmer, réfléchir. Le sinistre mot « abattoir » cogne dans son cœur, dans sa tête. Elle traverse l'écurie sans même jeter un regard sur les autres chevaux, puis grimpe sur un tas de bottes de paille. Là, elle se blottit contre le mur, recroquevillée sur cette douleur nouvelle qui la terrasse.

« C'était trop beau, ça ne pouvait pas durer… Je savais bien que Liano allait repartir un jour, mais pas pour l'abattoir ! Pas ça, je ne veux pas… »

Bouleversée, Paloma considère d'un œil désespéré ce décor qui lui est familier. Le tas de fumier, juste derrière le manège, les barrières blanches autour des paddocks*. Le jaune d'or de la paille…

« Quand Liano ne sera plus là, je ne sais pas si j'aurai le courage de revenir… »

Les larmes jaillissent. Fermant les yeux, Paloma se dit qu'elle a passé ici un été fabuleux, à travailler avec acharnement pour comprendre les bases de l'équitation. Comme le lui avait expliqué Marc, le lendemain de la journée Portes ouvertes, ce sport était différent des autres :

— Il faut que tu saches qu'il n'y a pas que les balades en montagne et les fêtes hippiques, Paloma. Chez moi, tout le monde met la main à la pâte ! Faire le fumier, nettoyer les boxes et les stalles à grande eau, entretenir le matériel,

* Paddock : Enceinte dans laquelle les chevaux sont promenés en main.

selles et bridons, panser les chevaux… Surtout les soins aux chevaux!

Paloma avait très bien compris. De la fin juin au début du mois de septembre, elle avait vécu au rythme des activités du centre équestre. Toutes ces semaines, ces heures à se sentir une fille nouvelle, si différente de la Paloma d'avant… celle qui était venue flâner à cette fameuse journée Portes ouvertes, par ennui, attirée par les banderoles vert et rouge, les évolutions des chevaux et leurs cavaliers qui jouaient au horse-ball dans la carrière.

Elle avait visité les écuries, découvrant des odeurs nouvelles qui, sur le moment, l'avaient un peu écœurée. Vêtue d'un pantalon large et d'un débardeur, des sandales aux pieds, elle avait croisé Marie, en tenue d'équitation. Marie ne lui était pas inconnue, elle la voyait dans le car de ramassage et au collège. C'était «une petite cinquième», comme disaient les filles de sa classe.

Puis le moniteur l'avait saluée, en lui proposant une courte balade, «pour essayer», précisant que c'était gratuit ce jour-là. Paloma s'était retrouvée en selle, sur le dos du vieux Jilou. Se promener le long de la rivière, balancée au pas du cheval, lui avait plu. Et même davantage. Le lendemain, elle était venue s'inscrire.

Un sanglot de révolte suffoque l'adolescente. Les poings fermés, elle frappe la paille. Envoyer Liano à l'abattoir, un cheval de trois ans, *son* cheval…

— Oh ! Paloma !

On l'appelle, c'est la voix de Marc, il a dû voir sa mobylette. Paloma ne répond pas, ne bouge pas. Elle ne tient pas à se montrer le nez et les yeux rouges, encore moins avouer la raison de son chagrin. Cela reviendrait à reconnaître qu'elle écoute aux portes… Le visage brûlant, elle s'enferme dans cet orage qui gronde au fond de son esprit. Ses pensées bouillonnent. Elle en veut au monde entier, et même un peu à Liano…

« Après tout, qu'est-ce qu'il est venu faire ici, celui-là ! J'étais bien plus tranquille avant, quand je ne savais pas qu'il existait ! Marc a accepté de le débourrer et de le dresser pour le concours agricole ! Mais pourquoi il m'a demandé de le monter ? Pourquoi moi ? Pourquoi pas Marie ou Élisabeth ? Je n'ai même pas passé le galop 1 ! Oui, mais j'étais tellement contente d'être la première personne à le monter… Marc a dit que, toute sa vie, Liano se souviendrait que c'était moi, Paloma, qui lui avais appris la rêne d'ouverture, la volte, le trot, le galop... On s'entend superbien tous les deux, voilà, et je l'aime... et on veut le tuer... Non, c'est impossible, c'est une parole en l'air. Et puis, pour le moment, il est encore là ! »

Paloma se calme. Liano est encore vivant, mais son avenir, leur avenir, ne va pas au-delà du 28 octobre. Un peu plus de deux semaines, c'est déjà ça. Elle entend, assez éloignées, les voix de Marie et d'Élisabeth, les cris des plus jeunes, Farid et Alice. Il est temps de quitter sa cachette.

Avant d'abandonner son perchoir, Paloma jette un œil affectueux sur ses jodhpurs achetés d'occasion et sur ses vieilles bottes dénichées au fond de la sellerie. Elle enlève quelques brins de paille de son pull, attache ses cheveux sur la nuque.

— Paloma !

Toujours la voix de Marc, mais avec une nuance d'agacement cette fois. Paloma hésite à descendre. Elle attend encore un peu, le temps d'adresser une pensée moqueuse à la Paloma d'il y a un an, celle qui n'aurait pas pleuré pour un cheval...

Elle arrivait de Toulouse et n'était guère enchantée à l'idée de s'installer avec sa mère dans une petite ville de montagne. Le collège lui avait paru ridicule, le paysage écrasant. Heureusement, les ados de son âge étaient sur la même longueur d'onde qu'elle. Paloma leur avait plu, avec sa taille de gazelle, ses vêtements à la mode, son vernis à ongles fluo. Elle avait été invitée à toutes les fêtes, avait bu de la bière en cachette et embrassé un garçon de dix-sept ans ! Un exploit qui lui avait valu le respect des filles de sa classe. Mais tout cela, c'est du passé… Maintenant, Paloma ne traîne plus dans les rues le mercredi ni le samedi. Ses anciennes « grandes amies » lui adressent à peine la parole, parce qu'elle a changé. En effet, Paloma, depuis quatre mois, n'aime plus que les chevaux…

— Oh ! Paloma ! Il faut seller…, hurle le moniteur.

Paloma se laisse glisser du tas de paille. Puis elle s'élance dans l'écurie, pour se retrouver nez à nez avec Marc qui la dévisage d'un drôle d'air :

— Dis donc, toi ! Où te cachais-tu ? Je t'ai cherchée partout…

— Je me suis promenée au bord de la rivière !

— Ah ! Ce n'est pas dans tes habitudes... et il était temps de revenir. Je suppose que tu veux monter Liano ?

Paloma soutient le regard inquisiteur de Marc. Elle parvient à répondre, en souriant :

— Bien sûr que je monte Liano !

— Alors va vite préparer ton cheval !

Le *ton* appuyé comme chaque fois se plante telle une épine dans le cœur de Paloma. Le petit jeu commencé avec l'arrivée de l'étalon ne l'amuse plus. Plus du tout.

— Hélas ! Ce n'est pas mon cheval ! répond-elle, boudeuse.

2. Le vent mauvais

Tout en brossant soigneusement l'étalon, Paloma ne cesse de penser à la menace qui pèse sur lui. Souvent, Liano se retourne et vient poser son large front contre elle, comme pour quémander une caresse ou une friandise.

— Après le travail ! murmure-t-elle. Sinon, il paraît que tu deviendras capricieux. Tu as déjà eu du pain, gros coquin.

Paloma ajuste la selle, serre la sangle. Ses doigts habiles ont vite appris à manier les lanières de cuir, à juger de l'état du matériel. Lorsque le cheval est prêt, elle passe une dernière fois ses mains dans l'épaisse crinière noire. Soudain, les mots affreux reviennent gâcher sa joie : « Il va finir à l'abattoir... » Elle imagine ce grand corps musclé, plein de force et de vitalité, totalement inerte, sacrifié.

Au même instant, le moniteur s'accoude à la porte du box.

— Eh bien, Paloma ! Tu en mets un temps, aujourd'hui. La reprise est à 15 heures, alors du nerf !

Paloma relève la tête. Elle veut savoir la vérité.

— Marc, excuse-moi, mais tout à l'heure, sans le vouloir, j'ai entendu ce que tu disais à Karine... pour Liano ! Alors, tu comprends, ça me rend malade. Son propriétaire ne peut quand même pas le vendre à l'abattoir, dis ?

Le moniteur fronce les sourcils, l'air gêné. Les yeux dorés de Paloma le scrutent avec insistance.

— M. Lombettes fera ce qu'il voudra, Paloma. Son élevage ne tourne pas fort, il ne peut pas garder un cheval qui ne sert à rien... Je t'avais mise en garde, quand tu as commencé à t'attacher à Liano !

— Je sais ! souffle-t-elle.

— Sa seule chance, à ce cheval, c'est d'être confirmé étalon castillonnais. Mais s'il ne plaît pas aux juges...

Le moniteur n'achève pas sa phrase, car Élisabeth lui crie du fond de l'écurie :

— Marc ! On monte dans le manège ou dehors ?

— Dehors ! Et on y va ! Tout de suite !

Paloma appuie son visage contre l'épaule de Liano. Sous la robe soyeuse, elle sent un tressaillement nerveux. Les autres chevaux passent dans l'allée centrale. L'étalon les salue d'un hennissement impatient.

— Nous allons avec eux, Liano ! chuchote-t-elle. N'aie pas peur, je te protégerai.

Mais ce n'est pas lui qui a peur, Paloma le sait bien. Elle vient d'avouer sa propre angoisse à l'idée de le perdre...

***

— Mettez-vous en reprise ! hurle Marc. Élisabeth en tête, et Marie devant Paloma ! Florian, retiens ton cheval, tu es trop près de Liano... Un peu de prudence, bon sang !

Le moniteur se tient debout au milieu de la carrière qui est balayée par un vent frais, soufflant en rafales, de ceux qui excitent les chevaux. Paloma observe la terre sablonneuse, encore humide. Le terrain est souple, mais collant. D'une main elle tient les rênes, de l'autre, elle caresse l'encolure de Liano. Le jeu des muscles sous la peau du cheval la fascine. Cela se résume en deux mots, puissance et souplesse. Ses doigts se nouent autour d'une poignée de crins noirs, épais, ondulés. Tout oublier, pour ne garder que cet instant magique : Liano et elle.

Le cheval d'Élisabeth, le vénérable Jilou, avance tranquillement. Il a des années d'expérience, et Marc le place toujours en tête. Accoudée à la barrière, la classe des petits assiste à la reprise. Ils montent l'heure suivante. Au passage, Paloma sourit à la blonde Alice. La fillette lui souffle :

— Il est en forme, Liano ?

— Oui, ça va !

Après quelques tours de carrière au pas, Marc lance le signal du trot, durant un bon quart d'heure, afin d'échauffer chevaux et cavaliers. Paloma est habituée, c'est avec impatience qu'elle attend le moment merveilleux du galop. Un peu nerveuse, elle guette l'allure de Liano qui a la fâcheuse manie de trébucher sans raison. Un de ses défauts qu'il faut absolument corriger avant le concours du 28 octobre :

— Paloma ! hurle le moniteur. Réveille-le un

peu ! Donne des jambes*, on dirait un mulet… Tu l'imagines devant le jury !

Paloma sent son cœur se serrer à nouveau. Marc ne parle pas au hasard. C'est un avertissement sérieux. La vie de Liano tient à quelques fils. Elle doit le faire travailler au mieux. Soudain elle s'en juge incapable. Ses doigts tremblent sur les rênes. Elle crie au moniteur :

— Tu devrais l'entraîner, toi ! Je n'y connais rien !

— Qu'est-ce que tu racontes ? Vous vous entendez comme larrons en foire, et pour débuter, il lui faut une cavalière comme toi, légère, la main douce.

Marie se retourne pour regarder Paloma. Marie aux nattes brunes, montée sur Clovis, son cheval favori, qui lui adresse un sourire rassurant…

Marc fait claquer sa chambrière**.

— Allez, départ au galop… dans le premier virage.

Paloma obéit. Elle se penche légèrement,

* Donner (ou mettre) des jambes : serrer les jambes contre les flancs du cheval pour le diriger ou lui donner de l'impulsion.

** Chambrière : fouet muni d'une longue lanière fine.

serre les jambes, lâche les rênes. Liano bondit puis s'élance au galop. Déjà c'est l'ivresse… Le vent se fait plus dru sur les joues, tandis que résonne le martèlement rythmé des sabots sur le sol. La barrière blanche défile, ainsi que les arbres au bout du pré voisin.

Liano galope avec régularité. Marc s'écrie :

— Ce n'est pas trop mal, Paloma, mais redresse-toi un peu, sinon il va en profiter pour faire l'idiot.

À cause du vent, Paloma n'entend que les premiers mots. Elle se penche davantage, se lève sur les étriers. Et, tout à coup, le chagrin l'envahit. Ces moments de bonheur intense, Liano et elle au galop, ils ne se reproduiront peut-être jamais. Encore une fois ou deux… Ensuite, tout sera terminé. Si seulement elle pouvait s'enfuir, foncer droit devant, sauter l'enclos. Elle s'imagine prenant un chemin de montagne, au grand galop, sur Liano. Vers l'Espagne… Personne ne les retrouverait, ils iraient au gré du vent, libres, sauvés de tous les dangers. Elle lâche davantage les rênes, perdue dans son rêve.

— Oh ! hurle Marc. Doucement, Paloma ! Qu'est-ce que tu fais ? Ralentis-le !

Le conseil vient trop tard. L'étalon fonce,

allongeant ses foulées. Il dépasse Clovis, traverse la carrière en diagonale, amorce un virage en catastrophe. Paloma, dépassée par la situation, se penche enfin en arrière.

— Holà, Liano, doucement ! Ho, ho !

Le cheval ne l'écoute pas. Il continue à galoper comme un fou, sa longue crinière noire battant l'air. Marc semble changé en statue. Il ne peut rien faire, à part se répéter qu'il faut toujours se méfier d'un jeune étalon qui commence juste à se plier au dressage.

Paloma, les mains accrochées à la crinière, roule des yeux affolés. La vitesse lui coupe le souffle. Elle tente de reprendre le cheval, de le calmer. Mais ses efforts sont vains. Liano aborde en longues foulées désordonnées un nouveau virage. Là il trébuche, perd l'équilibre et s'écroule avec un hennissement de colère.

***

— Je suis trop nulle ! Qu'est-ce qui m'a pris ? Vous avez entendu Marc ? Il a dit que je ne monterai plus Liano.

Paloma lance un regard de détresse à Marie et à Élisabeth. Elles sont assises toutes les trois dans la tribune, près du bureau. De là, à travers une large baie vitrée, elles ont vue sur le manège où le moniteur dirige la reprise des petits.

Marie répond gentiment :

— Paloma, ce n'est pas ta faute ! Liano t'a embarquée, c'est tout. En extérieur, les chevaux sont plus nerveux. Surtout avec ce vent…

— Peut-être, mais maintenant Marc ne me fait plus confiance !

Élisabeth ajoute d'un ton réconfortant :

— Tu as eu de la chance, rien de cassé… si tu avais vu ta chute ! Et puis tu connais Marc. Il a eu peur, alors il faut qu'il se mette en colère. Il changera d'avis, tu verras.

Paloma pousse un énorme soupir. Quand son cheval s'est effondré, elle a cru qu'ils allaient se tuer tous les deux. Ou du moins se relever mal en point. Mais, excepté quelques douleurs de-ci de-là, elle se sent bien. L'étalon, lui, paraissait prêt à recommencer sa cavalcade. Marc n'a pas caché sa fureur. Il a obligé l'adolescente à remonter à cheval.

Elle a obéi, mais la suite de la reprise ne s'est guère mieux passée. Liano s'est montré indocile, capricieux. Au moment de lui faire exécuter la reprise de dressage, Paloma a perdu tous ses moyens.

Elle croit encore entendre la voix dure du moniteur quand il a déclaré :

— Descends de ce cheval, Paloma, tu fais n'importe quoi ! Marie, reprends-le, c'est toi qui vas le préparer… Je ne peux pas confier ce travail à une débutante !

Ces mots-là, jetés au vent mauvais de l'automne, Paloma les a reçus comme une gifle. Elle les retourne dans sa tête, mais rien ne pourra les effacer.

Un peu plus tard, Paloma aide Élisabeth et Marie à nourrir les chevaux. D'habitude, elle aime particulièrement ces instants où les petits cavaliers trottinent derrière les trois « grandes », portant des brassées de paille ou de foin. C'est l'heure où il faut allumer les lampes de l'écurie, où tout le monde distribue l'orge concassé, dans un joyeux concert de hennissements impatients, d'éclats de rire.

Ce soir, Paloma se sent exclue, mal à l'aise. Heureusement, lorsqu'elle arrive devant le box de Liano, l'étalon l'accueille d'un geste de tête affectueux.

— Oui, je suis là ! chuchote-t-elle. Et je t'aime… Pour moi, tu es le meilleur !

Marc n'était pas loin. Aussitôt il s'approche

d'un pas nonchalant, tout en nettoyant ses lunettes. Liano le regarde d'un œil méfiant :

— Alors, cabochard ! s'écrie le moniteur. Moi qui te prenais pour un père tranquille !

— Marc ? murmure Paloma. Je suis désolée pour cet après-midi. Et je comprends ta décision. Marie est meilleure cavalière que moi. Avec elle, Liano a plus de chance d'être confirmé... Tu sais, je crois que je l'ai mal monté, aujourd'hui, parce que je pensais sans arrêt à des choses horribles... Tu sais, l'abattoir et tout ça ! Moi, je ne peux pas y croire, Élisabeth et Marie non plus... car je leur ai dit, voilà !

Paloma parle rarement aussi longtemps. Marc, embarrassé, se gratte le menton en répondant :

— Personnellement, je garde mes chevaux jusqu'au bout. Ils ont droit à une retraite agréable, au pré. M. Lombettes n'a pas les mêmes opinions que moi ! Note bien qu'il peut changer d'avis et décider de vendre Liano à un particulier, ou à un centre de randonnées. Ce qui m'ennuie chez lui, c'est sa manie de trébucher. Il a peut-être les pieds fragiles, or « pas de pieds, pas de cheval » ! C'est un dicton célèbre dans le milieu.

Paloma pousse un soupir. Puis elle demande tout bas :

— Et ça coûte cher, un cheval comme lui ?

— Ça dépend, s'il est confirmé étalon, tu dois compter environ 8 000 euros, ensuite, en cheval de selle, dans les 3 000 euros, mais au prix de la boucherie il doit se vendre dans les 1 200 euros environ. Si tu as les moyens, tu peux toujours proposer à M. Lombettes de le racheter à ce tarif.

Les nombres s'affichent en un mur infranchissable dans l'esprit de Paloma. Elle voudrait crier : « Moi je l'achète ! », mais ce serait tellement ridicule. Déjà sa mère a eu du mal à payer l'adhésion au centre équestre et sa licence de cavalière.

Liano frotte sa tête contre son épaule. Elle le caresse, l'embrasse, puis se redresse soudain, les yeux brillants d'espoir.

— Marc, si tu l'achetais, toi ! Enfin, si M. Lombettes décide de s'en débarrasser. Ce n'est pas si cher, 1 200 euros.

Paloma aperçoit les silhouettes d'Élisabeth et de Marie derrière le moniteur. Ses camarades l'encouragent en souriant.

La réponse de Marc tombe, brisant net l'enthousiasme des trois filles :

— Non ! J'ai bien assez de chevaux. Je n'ai vraiment pas besoin de Liano. Et puis je ne roule pas sur l'or ! La seule chose que je puisse faire pour lui, c'est qu'il soit au point le 28 octobre. C'est tout...

Paloma se mord les lèvres puis elle bredouille, prête à pleurer :

— Merci quand même... Moi, je m'en vais !

3. Dernière chance

Paloma prend le chemin du retour au ralenti. Elle roule bien plus sagement qu'à l'aller : éviter les flaques d'eau ou les traverser dans une gerbe d'éclaboussures ne l'amuse plus. La seule chose qui compte désormais pour elle, c'est de sauver Liano. Cela devient une obsession.

« Je ne veux pas qu'il meure ! se répète-t-elle. Je dois trouver une solution... »

Elle habite avec sa mère dans un appartement au second étage d'une vieille maison du bourg. Paloma gare sa mobylette dans le couloir du rez-de-chaussée, met l'antivol. Elle monte sans hâte l'escalier, se préparant à faire bonne figure malgré son chagrin.

— Paloma ? demande une voix depuis la cuisine. Tu rentres plus tôt que d'habitude...

— Oui, maman... Je vais prendre une douche.

— Ah ça, c'est une bonne idée ! répond aussitôt Aline, sa mère. J'ai horreur des odeurs d'écurie à la maison.

— Je sais ! marmonne Paloma pour elle-même.

Pendant le dîner, la mère et la fille échangent d'abord quelques banalités sur le collège. Aline parle ensuite de son travail à la halte-garderie.

— C'est épuisant ! Les enfants d'ici sont intenables, parfois. Ce doit être l'air de la montagne qui les rend aussi turbulents.

Paloma approuve distraitement. Elle cherche en fait la manière d'aborder le sujet qui la préoccupe. Juste après le dessert, elle déclare enfin :

— Maman, est-ce que tu aurais un peu d'argent de côté ?

Aline ouvre de grands yeux surpris en s'écriant :

— Hélas non ! Tu le sais bien. Et j'ai encore le crédit de ta mobylette à payer. Pourquoi me demandes-tu une chose pareille ?

Paloma baisse la tête sous le regard inquisiteur de sa mère. Soudain elle comprend que cela ne sert à rien de rêver. Elle répond très vite :

— Excuse-moi, c'était une question comme ça...

Le téléphone sonne au même instant. Paloma ne bouge pas, car elle ne reçoit jamais d'appel. Sa mère décroche en soupirant, puis lui fait signe.

— C'est pour toi, ton moniteur...

— Qu'est-ce qu'il veut ? s'étonne Paloma qui se précipite.

À l'autre bout du fil, la voix de Marc n'a rien d'aimable.

— Paloma ? J'ai une mauvaise nouvelle. Après ton départ, Liano était très nerveux. J'ai jugé bon de le mettre au paddock, puisqu'il a toujours vécu au pré. Et là, j'ai vu qu'il boitait. Je dois prévenir monsieur Lombettes.

Paloma demande dans un souffle :

— Tu crois que c'est à cause de sa chute ?

— Évidemment ! Cela dit, je suis aussi responsable que toi dans cette affaire. Je n'aurais pas dû te confier ce cheval, dès le début.

Le moniteur ajoute plus gentiment :

— Voilà, Paloma. Je te téléphonais surtout

pour que tu ne sois pas trop déçue, samedi. Je pense que Liano sera retourné chez son propriétaire. Tu peux passer le voir demain, après le collège...

— D'accord ! Merci.

Paloma raccroche. Puis, sans donner d'explications à sa mère, elle se réfugie dans sa chambre. Elle ne savait pas que l'on pouvait avoir si mal au cœur, ni être envahie par un tel sentiment d'horreur et de culpabilité. Des images de Liano lui reviennent, parées de la lumière dorée des jours précédents, lorsque tout allait bien : Liano trottant dans le manège, au bout de la longe*. Liano hennissant quand il l'apercevait à l'entrée de l'écurie.

« Entre lui et moi, il y a un lien spécial ! se dit-elle. J'aime les autres chevaux, mais lui, c'est différent. Et j'ai tout gâché ! »

Paloma pleure longtemps, sans bruit. Elle a réduit à néant la dernière chance de Liano. La vie lui paraît soudain terriblement injuste.

Il est déjà dix heures quand Paloma allume

* Longe : corde munie d'un mousqueton, que l'on fixe à un anneau du licol.

sa lampe de chevet. Le silence règne dans l'appartement.

« Maman a dû se coucher ! » songe-t-elle.

D'une main, elle soulève le bord de son matelas, pour attraper son journal. Elle le feuillette tout en reniflant encore un peu. Les pages écrites six mois plus tôt dans ce petit carnet rouge la font sourire de pitié. Des noms de garçons, de stars, puis dès la fin du mois de juin, des noms de chevaux, des dessins de chevaux. Avant Liano, il y avait eu Jilou, Winter, Romeg. Elle a débuté avec eux. Enfin Paloma relit les mots notés en vitesse la veille :

Liano, si tu pouvais être mon cheval un jour. Je n'oublierai jamais la première fois que je t'ai vu. Ton regard qui m'interrogeait ! Liano, je t'aime, même si personne ne peut comprendre, même si je passe pour une folle.

Un bruit de pas retentit dans le couloir. Vite, elle cache le carnet sous sa couette. Sa mère ouvre la porte de sa chambre puis s'approche du lit avec un drôle de sourire attendri.

— Paloma, tu ne dors pas encore ? Qu'est-ce qui ne va pas, ma chérie ? Je n'ai pas voulu te déranger tout à l'heure, tu avais l'air si triste. Est-ce qu'il y a un cheval malade?

Paloma se mord les lèvres. Elle ne va pas recommencer à pleurer comme une gamine. Pourtant, quand sa mère s'installe sur le lit en l'entourant d'un bras câlin, elle a du mal à ne pas éclater en sanglots.

— C'est Liano! balbutie-t-elle.

— Celui que tu aimes tant?

— Oui, il est tellement beau! Si tu le voyais, il est vraiment magnifique. Et pour un étalon, il est très doux de caractère. Entre nous, il y a quelque chose d'unique. Aujourd'hui, j'ai appris qu'il risquait de partir à l'abattoir. En plus, quand je l'ai monté, j'ai fait une erreur, je l'ai laissé galoper à toute vitesse. Il est tombé. Le moniteur m'a appelée pour me dire qu'il boitait. C'est la catastrophe! Son propriétaire va sûrement s'en débarrasser. Alors, je me demandais si tu n'avais pas 1 200 euros... C'est le seul moyen de le sauver, en le rachetant.

Aline pousse un énorme soupir. L'histoire lui semble un peu confuse.

— Paloma, tu perds la tête! Cette somme dépasse mon salaire mensuel. Je n'ai vraiment pas les moyens d'acheter un cheval, encore moins de l'entretenir ensuite. J'ai vu le prix de la pension, l'autre jour, quand je suis passée te chercher. Je suis désolée, ma chérie. Je ne peux rien faire !

Paloma s'en doutait. Mais elle insiste :

— Maman, il y a une solution. Si Liano doit partir à l'abattoir, tu fais un chèque à son propriétaire, et moi je te le promets, je passe une annonce pour revendre Liano... Et je te rembourse ! Au moins il vivra, même si je ne le revois plus jamais.

Aline secoue la tête :

— Voyons, Paloma, sois raisonnable ! Quel âge as-tu ? Je ne peux pas prendre un tel risque... Je ne comprends pas, il y a plus de vingt chevaux au centre équestre et tu t'attaches à un animal de passage. Écoute, je suis désolée pour Liano. Peut-être qu'un jour tu pourras posséder un cheval bien à toi.

— Ce ne sera jamais la même chose qu'avec lui, maman ! Si je pouvais t'expliquer ce que je ressens...

— Quand tu parles ainsi, tu me fais penser à ton père. Lui aussi, il aimait les chevaux !

Paloma se dégage de l'étreinte de sa mère

pour mieux la regarder. La révélation la stupéfie.

— Pourquoi tu ne m'en as jamais parlé ? s'écrie-t-elle.

— Je n'en sais rien. Avant, tu ne t'intéressais qu'à la mode et à la musique ! Et la seule chose que tu voulais, c'était une mobylette. Maintenant je devrais jeter de l'argent en l'air pour un cheval !

Paloma hausse les épaules. Puis elle dit très vite :

— Maman, parle-moi encore de papa…

— En fait, ton grand-père dirigeait un élevage. Ton père montait tous les jours, il faisait même des concours d'obstacle. Je crois qu'il adorait un cheval, un pur-sang anglais, mais il ne lui appartenait pas. Quand ce cheval est parti, il a cessé de monter.

— Tu en es sûre ? demande Paloma.

— Oui ! Il est comme ça, ton père, quand il raie quelqu'un ou quelque chose de sa vie, c'est pour toujours.

— Nous aussi, il nous a rayées de sa vie, c'est ça ?

— Un peu, oui… Disons que c'est plus compliqué. Quand il s'est remarié, tu n'avais que cinq ans. Sa femme et lui sont partis vivre à la Réunion... Au début, il pensait à t'envoyer une carte pour Noël et pour ton anniversaire. Il payait ta pension, aussi. Depuis six ans, plus rien, plus un signe! Mais ça, tu le sais...

Paloma dévisage sa mère qui lui semble soudain triste, fatiguée. D'un geste très doux, elle la prend par le cou :

— Ma pauvre maman! Est-ce que tu as écrit à papa, pour lui demander des explications?

— Plusieurs fois! Il n'a pas répondu. Je pourrais mettre en route des démarches administratives, afin de réclamer au moins ce qu'il me doit, mais cela ne me plaît pas. Je préfère m'en sortir seule. Bon, il est temps de dormir.

Aline embrasse sa fille tendrement. En quittant la chambre, elle ajoute d'un ton songeur :

— Tu pourrais essayer de lui écrire, à ton père. Tu auras peut-être plus de chance que moi... J'ai gardé l'adresse, à moins qu'il n'ait changé de pays!

Paloma ne répond pas. Que veut dire sa mère, exactement? Écrire à son père... alors qu'il ne cherche même pas à prendre de ses nouvelles. Il doit l'avoir oubliée depuis longtemps.

«Moi, songe-t-elle en serrant les poings, si

j'avais un enfant, je ne pourrais pas l'effacer de ma vie, de mon cœur. Papa fait comme si je n'existais plus ! Quand il est parti, j'étais une petite fille. S'il revenait, aujourd'hui, il ne me reconnaîtrait pas, j'en suis sûre. C'est complètement nul ! »

Le chagrin cède à la colère. Paloma rallume sa lampe de chevet. Oui, elle écrira à son père. Elle lui enverra une photo récente, et aussi toute son amertume, ses questions sans réponses. Et il saura combien elle aime Liano, un cheval, son cheval…

4. Un brin d'espoir

Le lendemain, dès son retour du collège, Paloma enfile sa tenue d'équitation. Elle n'a qu'une hâte, aller au centre équestre pour revoir Liano. La journée lui a paru interminable, malgré la compagnie de Marie pendant le déjeuner et les récréations.

En démarrant sa mobylette, Paloma a une idée qui l'éblouit. Cet engin de fer et de plastique, elle pourrait le revendre. Sa mère l'a acheté au moins 700 euros…

« Plus de la moitié de la somme qui sauverait Liano ! Et elle est presque neuve ! »

Le chemin semble court à Paloma, qui à présent s'imagine vendre aussi ses robes, ses foulards, ses chaussures. Lorsqu'elle se gare devant l'écurie, les battements de son cœur s'accélèrent. Un hennissement aigu retentit. Elle le reconnaît aussitôt. C'est celui de son Liano.

— J'arrive, Liano !

L'étalon s'ébroue, en cognant le ciment de son antérieur, sa façon à lui de manifester sa joie. Paloma court vers lui. Personne en vue. Elle s'accroche à son encolure, appuie sa joue contre son chanfrein. Le temps ralentit. Ils restent tous les deux ainsi, rassurés par la présence de l'autre.

— Bonsoir, mademoiselle ! fait une voix.

Paloma se retourne. Elle aperçoit Jean, le palefrenier, qui pousse la brouette à fumier.

— Bonsoir, Jean !

L'homme soulève un peu sa casquette. Avec ses traits burinés, sa moustache grise, il paraît sans âge aux jeunes élèves du centre équestre. Paloma ne le connaît pas bien, car il ne vient pas les jours d'affluence. Comme disait Marc, le « vieux Jeannot » aime travailler dans le calme et la solitude, mais avec lui les boxes et les stalles sont impeccables, les chevaux nourris à l'heure.

— J'ai l'impression que c'est ton préféré, celui-là ? demande-t-il.

L'accent du pays chante dans la voix grave. Paloma répond avec enthousiasme :

— Oui ! Et nous sommes très amis. Au fait, Marc m'a dit qu'il boitait…

— Bah ! fait Jean. Rien de méchant. Marc voit tout en noir ! Ce matin, nous avons mis des anti-inflammatoires dans sa ration. Fais-le marcher un peu dans la cour, je suis sûr que c'est arrangé.

Paloma s'empresse. Elle passe le licol à Liano, démêle du bout des doigts une mèche de la crinière, arrange son toupet. Une pensée lui vient :

« Si c'était mon cheval, je ferais ces gestes tous les jours. Moi seule… »

Jean lui fait signe de sortir l'étalon. Lorsque Paloma s'avance en tenant Liano, le palefrenier ajoute :

— Marc m'a demandé d'attendre M. Lombettes. Il doit passer voir son cheval.

M. Lombettes. Paloma réprime un sursaut de crainte. Mais, à écouter Jean, il s'agit juste d'une visite, pas d'un départ. Peut-être que Marc se trompait, la veille, en assurant que le propriétaire de Liano allait l'emmener…

L'étalon, heureux de se retrouver en plein air, caracole près d'elle. L'adolescente tient fermement la longe, mais le cheval n'a qu'une idée, l'entraîner vers les bordures herbeuses le long des barrières.

— Ne te laisse pas diriger ainsi, petite ! hurle Jean. C'est une forte tête, cet animal, malgré son air de toutou...

Paloma sourit. Elle a déjà devancé Liano et le conduit jusqu'à l'herbe si tentante. Dès qu'il semble rassasié, elle le ramène au milieu de la cour. Jean s'écrie d'un ton jovial :

— Eh bien, il ne boite pas plus que moi, ce cheval, même un peu moins. Tiens, une voiture arrive. Continue à le faire marcher, petite. Comme ça, M. Lombettes sera tout de suite rassuré.

Paloma obéit, très émue. Elle va rencontrer en chair et en os celui qui a tout pouvoir sur l'étalon. Trois minutes plus tard, un homme assez corpulent, de petite taille et vêtu simplement, avance vers elle.

« Il n'a pas l'air méchant ! » se dit-elle.

M. Lombettes lui tend la main en criant :

— Alors, comment va-t-il, aujourd'hui ?

— Très bien ! déclare Paloma avec un grand sourire. Il ne boite plus. Il est même en pleine forme ! N'est-ce pas, Liano ?

L'étalon, qui perçoit dans la voix de son amie des vibrations de tendresse, répond d'un petit cri aigu, puis il pose sa lourde tête contre son épaule. M. Lombettes n'y prend pas garde. Il tourne autour du cheval, examinant d'un œil scrupuleux les jambes et le dos.

— A-t-il fait des progrès en dressage ? demande-t-il enfin.

— Bien sûr ! réplique Paloma. C'est Marie qui le monte, une excellente cavalière…

L'homme la regarde, l'air étonné.

— Marc ne m'a pas dit ce nom-là ! J'avais cru entendre Patricia ou quelque chose comme ça… Enfin, le principal, c'est qu'il soit prêt le 28 octobre ! Bon, je suis pressé, vous saluerez le patron de ma part.

M. Lombettes remonte dans sa voiture après les poignées de main d'usage. Paloma respire mieux. Il n'a pas parlé de reprendre Liano. Elle pourra le voir chaque jour, tant qu'il sera au centre équestre. Jean hoche la tête en l'observant attentivement :

— Dis donc, c'est bien toi qui montais Liano ? interroge-t-il.

— Oui, depuis son débourrage. Il fallait une personne légère. Maintenant c'est fini ! Marie va prendre le relais. Je ne suis pas assez douée !

Le palefrenier hausse les épaules.

— Ce qui compte, avec les chevaux, c'est la

confiance. Si Liano te connaît, s'il t'apprécie, il travaillera mieux avec toi…

Paloma approuve tristement en ajoutant :

— Dommage que Marc ne pense pas comme vous !

— Chacun ses idées ! répond le vieux Jeannot en s'éloignant de sa démarche sautillante.

Paloma en profite pour câliner Liano et le laisser brouter à sa guise. Peu à peu, l'étalon l'entraîne vers le chemin qui borde la rivière, au-delà des limites de la cour.

— Oh ! Sois sage ! fait-elle. Ne me joue pas un tour à ta façon ! Viens, je dois te remettre au box. Si tu étais mon cheval, nous irions jusqu'au prochain village, tous les deux…

Le rêve impossible envahit Paloma. Elle s'imagine trouvant les 1 200 euros, les brandissant sous le nez de M. Lombettes.

« 1 200 euros ! Je peux les gagner, les emprunter, je ne sais pas, moi… Je dois y arriver, avant le 28 octobre ! Et Liano sera à moi ! Je le garderai ! »

Le palefrenier guettait le retour de Paloma. Il la regarde remettre l'étalon dans son box, le caresser une dernière fois, lui enlever le licol. Enfin il marmonne, les yeux mi-clos :

— Ce cheval, il t'a acceptée ! Il se méfie de moi, de Marc et des autres... Mais toi, il t'aime !

Ces simples mots réconfortent Paloma. Elle a l'impression qu'elle vient de se trouver un allié.

***

Le lendemain, dans le car de ramassage scolaire, Paloma s'installe entre Marie et Élisabeth, sur la banquette du fond.

— Je voulais vous montrer ça..., s'écrie-t-elle aussitôt. Ce sont des annonces, je vais les accrocher au collège, dans le hall.

Les yeux de Paloma étincellent. Elle ajoute en souriant :

— Je vends plein de choses, des chaussures, des CD, et même ma mobylette... Je vais tenter l'impossible pour trouver 1 200 euros. Si Liano n'est pas agréé étalon, je parlerai à monsieur Lombettes, je lui dirai que je lui rachète, même en plusieurs fois... J'y ai pensé la moitié de la nuit. Je le sauverai !

Marie n'a pas l'air très enthousiaste.

— Mais si c'est ton cheval, tu en feras quoi, après ? s'écrie-t-elle. Tu sais, Paloma, il faut des prés, un abri, de la nourriture... Et puis les étalons sont plus difficiles à surveiller. Celui de mon père s'est échappé au moins trois fois l'été dernier.

Paloma hausse les épaules. Personne n'a le droit de briser son rêve, pas même Marie, qui connaît bien la question. Son père est éleveur de mérens, des petits chevaux noirs, robustes et dociles, très bien adaptés à la montagne. Élisabeth reste silencieuse un moment, avant de dire d'une voix douce :

— Moi, j'adore Jilou. Si je pouvais l'acheter, je le ferai. Mes parents ne veulent absolument pas d'un cheval chez eux, encore moins âgé de vingt-deux ans. Pourtant nous avons du terrain, alors que toi…

Élisabeth et Marie semblent soudain bien trop raisonnables à Paloma.

— Vous ne comprenez rien ! leur dit-elle d'un ton boudeur. Je peux quand même essayer, non ?

Paloma n'attend pas la réponse. Elle se tourne vers la vitre et regarde obstinément le paysage.

« Tant pis ! se dit-elle. Je ne leur parle pas des lettres. »

Des larmes lui viennent aux yeux, au souvenir de ces lignes pleines de détresse, jetées sur le papier durant la nuit. De vrais appels au secours, lancés à ses grands-parents maternels, qui vivent dans le nord de la France, à son oncle Claude, le frère de sa mère, et aussi à ce grand-père dont elle sait si peu de choses, Étienne, celui qui élevait des chevaux. Il ne l'a vue que tout bébé, lui a-t-on souvent répété. Aline, la veille, en lui donnant l'adresse de son ancien beau-père, s'est contentée de soupirer :

— Peut-être qu'il n'habite plus là. C'était un drôle de personnage, Étienne…

Paloma a hésité avant de lui écrire. Veuf très jeune, Étienne n'a plus donné de nouvelles, comme son père à elle.

« Ils doivent se ressembler, de caractère ! a-t-elle pensé. Mais s'ils aiment les chevaux tous les deux… je dois prendre le risque. »

Les enveloppes sont là, dans le petit sac en tissu que Paloma garde en bandoulière. L'une d'elles, bordée de traits rouges, partira par avion. Il s'agit du courrier destiné à son père, justement, Daniel Cuzenac.

Cette fois, les larmes jaillissent, coulent le long de ses joues. Paloma appuie son front contre la vitre, sort un mouchoir en papier et essuie son nez et ses paupières. Pourquoi n'a-t-elle pas une vraie famille… Des sœurs, des frères, des parents vivant ensemble…

Pour passer le temps, elle se met à rêver,

encore et toujours. S'invente deux grandes sœurs, un petit frère, sa mère heureuse et reposée, dans une belle maison entourée de prés. Il y aurait même un box, flanqué d'une grange garnie de foin et de paille. Son père l'accompagnerait en promenade, lui sur ce fameux pur-sang qu'il aimait adolescent, elle sur Liano. L'image de l'étalon, avec son regard sombre, si expressif, efface peu à peu toutes les autres. Il galope au milieu d'un chemin, Paloma sur son dos… Sa crinière fouette son visage, elle se laisse emporter très loin, à une allure de plus en plus folle…

— Oh ! Paloma ! On est arrivées ! crie Élisabeth.

— Secoue-toi ! ajoute Marie, l'air boudeur.

Paloma revient sur terre. Elle jette un œil surpris sur ses camarades. Déjà le collège, le goudron brillant de pluie, la cohue habituelle.

« À midi, je posterai mes lettres ! se promet-elle. On verra bien le résultat. »

5. Le vieux Jeannot

Paloma ne résiste pas. En rentrant du collège, elle se change et, comme la veille, retourne au centre équestre. Sa mobylette se montre un peu récalcitrante. Inquiète, l'adolescente marmonne :

— Ce n'est pas le moment, toi, je t'ai mise en vente au collège !

Sur le chemin, elle se prend à fredonner son refrain : « Liano, je t'aime », mais plus elle se rapproche, plus elle craint la réaction de Marc, s'il la voit arriver à une heure inhabituelle.

« J'ai le droit, après tout ! se dit-elle. Je vais juste faire un petit tour là-bas, pour apporter des carottes à Liano. »

Paloma envisage soudain le pire. Et si l'étalon n'était plus là… M. Lombettes a pu changer d'avis et l'avoir emmené dans la matinée. Cependant, alors qu'elle s'apprête à garer sa mobylette, un hennissement impatient retentit dans l'écurie. C'est Liano ! Il manifeste sa joie dès qu'il entend le bruit pétaradant de son moteur.

— Je suis là, Liano ! hurle-t-elle avec un immense soulagement.

Le cheval cogne contre la porte de son box. Paloma court vers lui. Dès qu'elle sent la lourde tête câline s'appuyer contre son épaule, toutes les craintes, tous les mauvais rêves s'envolent. Ils se chuchotent des secrets, l'un par des ébrouements très doux, l'autre par une suite de paroles tendres.

Quelqu'un toussote. Paloma se retourne brusquement. Le vieux Jeannot remonte l'allée de l'écurie sans hâte, en lui souriant.

— Bonsoir, petite ! Alors, tu viens voir ton copain !

— Oui… Marc n'est pas là ?

— Non, je suis de garde. Le patron avait une réunion en ville.

Le palefrenier serre la main de Paloma. Ils

échangent un regard complice, sans bien savoir pourquoi.

— Vous croyez que je peux le sortir un peu, pour le faire brouter…

— Tant que tu ne dépasses pas les limites du centre équestre, je n'y vois pas d'inconvénient. Marc ne m'a pas donné de consignes à ce sujet.

Paloma demande, un peu gênée :

— Est-ce que vous lui avez dit que j'étais venue hier soir ?

— Bien sûr ! s'écrie Jean. Il n'était pas surpris. Il regrette seulement que tu l'aimes autant, ce fichu animal. Parce que M. Lombettes, il n'est pas du genre sentimental, avec ses chevaux.

— Je sais, hélas ! murmure Paloma. Si seulement Liano réussissait le concours du 28 octobre… J'aimerais tellement lui apprendre la reprise.

Le palefrenier hausse les épaules en répliquant :

— Rien ne t'empêche de lui montrer les figures et le tracé, en le tenant au licol. Cela le détendra, de marcher un peu.

Le visage de Paloma s'illumine d'un large sourire. Sans perdre de temps, elle entre dans le box.

— Je vais d'abord le brosser ! Lui curer les pieds aussi. Merci, Jean.

Un quart d'heure plus tard, Paloma conduit Liano dans le manège. Chaque geste accompli, chaque frémissement du cheval la ravit. Elle ne peut pas s'empêcher de repousser la réalité. Dans son esprit résonnent des mots magiques : « Tu es à moi, Liano ! Je te monterai pendant des années, nous gagnerons plein de concours ! Je t'achèterai une selle neuve, un tapis vert, un bridon de cuir ! Tu auras une plaque rouge sur ta porte :

Liano.

Propriétaire : Paloma Cuzenac »

L'étalon jette un œil inquiet sur l'espace désert. Accoutumé à travailler en compagnie des autres chevaux, il renâcle et s'agite.

— Là, tout doux, mon Liano ! Calme-toi ! dit Paloma d'un ton apaisant. Je veux juste te faire répéter la reprise. D'accord ?

Paloma fait claquer sa langue, en guidant le cheval vers la piste. Liano avance aussitôt d'un pas régulier.

— Allez, mon Liano, suis-moi. D'abord, le tour du manège au pas. À la lettre A, une demi-volte ! Ensuite départ au trot, dans le virage. Et, surtout, tu ne dois plus trébucher ! Jamais !... Ensuite, la diagonale, où il faut passer au galop.

Pendant plus de dix minutes, Paloma guide Liano dans l'exécution des figures, mais elle ne tarde pas à comprendre que cette méthode ne donnera pas de très bons résultats. Et puis, la tentation est là, toute proche, de grimper sur Liano à cru*, comme à l'époque du débourrage.

Paloma regarde du côté de la tribune vitrée. Personne. Elle tend l'oreille. Le vieux Jeannot sifflote dehors, près du tas de paille.

— Liano ! Tu es prêt ! Nous allons travailler en vrai, d'accord ? Ne bouge pas...

L'étalon tourne la tête vers elle. Paloma lui caresse l'encolure, agrippe la crinière et, d'un seul élan, saute sur son dos.

— Super ! J'ai réussi du premier coup ! Merci, Marc, pour tes leçons de voltige ! chantonne-t-elle en sourdine.

Paloma éprouve un bonheur intense en se retrouvant sur Liano. Elle serre un peu les jambes, le dirigeant avec la longe du licol. D'une voix douce, mais ferme, elle continue à donner

* À cru : monter un cheval sans selle.

à l'étalon les indications nécessaires. Au moment de galoper, cependant, Paloma pense à Marc. Que dirait son moniteur s'il arrivait à l'improviste et la découvrait à cheval?...

Le palefrenier, discrètement, s'est approché de la porte à claire-voie du manège. Il observe la cavalière qui semble en parfaite harmonie avec sa monture, puis se met à sourire.

« Cette gosse, elle a du talent ! se dit-il. Et ils se comprennent, ces deux-là. »

Paloma a exécuté trois fois la reprise de dressage, puis elle a fait marcher Liano au pas. En le ramenant au box, elle chuchote :

— Tu as été formidable, Liano !

Le vieux Jeannot la rejoint, une ration de foin sur le bras.

— Il a bien travaillé ! s'écrie-t-il. Alors je lui accorde un supplément. Dis donc, petite, tu te débrouilles comme un chef!

— Ah ! fait Paloma. Vous m'avez vue ?

— Eh oui... En passant ! Mais ne t'inquiète pas, je n'en parlerai pas au patron. Regarde-le, lui, il n'est même pas en sueur. Ce cheval, il déborde d'énergie, ça ne peut pas lui faire de mal, trois quatre tours de manège.

Paloma respire mieux. Elle dispose le foin

dans le râtelier, cure les pieds de l'étalon. Les instants merveilleux qu'elle vient de vivre la poussent à dire :

— Merci beaucoup, en tout cas... Je suis tellement contente d'avoir pu le monter. Mais...

— Mais quoi ? demande Jean.

Soudain Paloma a besoin de confier ses espoirs, ses doutes. Le vieux Jeannot, avec ses yeux malicieux, lui semble le confident idéal. Marie et Élisabeth l'ont déçue, sa mère soupire dès qu'elle entend le mot « cheval ». Alors...

— Je ne sais pas ce qui va se passer, avoue-t-elle. Et c'est terrible pour moi. Si Liano est confirmé étalon castillonnais le 28 octobre, monsieur Lombettes le gardera, et je n'aurai plus à avoir peur. Mais il le reprendra... et moi je ne le verrai plus ! Par contre, s'il ne plaît pas aux juges, Liano finira à l'abattoir. À moins que je puisse le racheter. Marc m'a dit qu'il valait environ 1 200 euros, au prix de la boucherie.

Le palefrenier fronce les sourcils pour marmonner :

— Et tu les as, ces sous ? C'est une somme, quand même !

— Je pourrais les avoir à temps, avec un peu de chance..., répond Paloma. Et Liano deviendrait mon cheval, ça, ce serait fantastique !

— Envoyer une bête pareille à la boucherie, quelle bêtise ! s'écrie le vieux Jeannot. Moi, je n'appelle pas ça de l'élevage... Écoute-moi, petite, si tu peux le sauver, ce cheval, n'hésite pas. Et puis, tous les deux, vous avez de l'avenir. Je m'y connais un peu...

Paloma sort du box. Elle tire le loquet, range le licol. Enfin, elle se tourne vers le palefrenier, le visage tendu.

— Vous ne vous moquez pas de moi ? Marc m'a dit que je n'étais qu'une débutante...

— Ah ça ! Quand on débute, on peut faire des erreurs, mais tu as une bonne assiette*, tu es souple. Et ton Liano, tu le mènes par le bout du nez. C'est important, le dressage.

Le vieux Jeannot s'assied en bas du perron.

— Il y a environ vingt ans, j'ai travaillé chez un éleveur, dans l'ouest de la France. Cet homme-là, les chevaux, il les rendait dociles comme des agneaux. Crois-moi, il ne criait pas, il ne frappait pas ! Il les dressait en douceur, à la voix... Des cavaliers comme lui, je n'en ai pas rencontré souvent.

Paloma s'est installée en face du palefrenier,

* Assiette : aptitude à rester amis et à suivre les mouvements du cheval avec aisance.

assise par terre. Elle l'écouterait parler pendant des heures.

— Et vous, Jean ? Vous n'êtes jamais monté à cheval ? interroge-t-elle d'un ton passionné.

— Non ! J'aurais pu apprendre, à cette époque. M. Cuzenac a voulu me donner quelques leçons, mais ça ne me disait rien. Je préférais m'occuper des chevaux à ma façon. Les soins, la nourriture…

Le cœur de Paloma bat plus vite. Jean a bien dit « monsieur Cuzenac », son nom de famille, celui de son grand-père… Et si c'était lui ! Tout concorde, un éleveur, un bon cavalier…

— Et vous êtes resté longtemps, là-bas ? murmure-t-elle.

— Trois ans ! On se tutoyait avec le patron, il m'appelait Jeannot et moi je lui donnais du Étienne !

Cette fois, Paloma n'a plus le moindre doute. Il n'existe sûrement pas beaucoup d'éleveurs de chevaux s'appelant Étienne Cuzenac. Ainsi, le palefrenier connaît son grand-père…

— Ce monsieur Cuzenac, est-ce qu'il avait un fils ? demande-t-elle en baissant la tête.

— Oui, Daniel ! Un fameux cavalier, lui aussi ! Mais il s'est brouillé avec son père, à cause d'un cheval… Daniel est parti. Dommage, il avait de l'avenir dans la compétition…

Jean se tait brusquement. Il dévisage l'adolescente dont les joues se sont enflammées. Elle paraît très gênée.

— Dis-moi ! s'écrie-t-il. Pourquoi m'as-tu posé cette question ? Tu ne le connaîtrais pas, par hasard, Daniel Cuzenac ?…

— Euh…, fait Paloma. Non… enfin si, je crois !

— Ah ! Tu n'as pas l'air bien sûre ! plaisante le palefrenier.

Paloma soupire, prise au piège. Puis elle lance très vite :

— C'est mon père !

— Ton père, c'est Daniel Cuzenac ! marmonne le vieux Jeannot.

— Oui. Mais je ne l'ai pas vu depuis des années. Il vit à la Réunion. Ma mère n'a aucune nouvelle. Ils ont divorcé quand j'étais petite.

— Eh bien, ça alors, si je me doutais ! Et ton grand-père, tu le vois souvent ?

— Jamais ! Il n'a rien à faire de moi…

Jean se lève en hochant la tête. Il rit en silence, comme ébahi par ce qu'il vient d'apprendre. Paloma regrette d'avoir dit la vérité. Elle recule de quelques pas.

— Bon, je dois rentrer, il va faire nuit.

La gorge serrée, elle ne peut rien dire de plus. En passant, elle caresse l'encolure de Liano, se précipite dehors. Le palefrenier se gratte la tête en répétant :

— Cette gosse est la petite-fille d'Étienne Cuzenac ! Je me disais, aussi, il y avait comme un petit air de famille…

6. Un étrange samedi

Paloma, pelotonnée dans sa couette, croit entendre la sonnerie de son réveil. Elle ouvre un œil, mais le bruit vient de plus loin.

« Et puis, le samedi, je n'ai pas cours ! » se dit-elle.

Pourtant, quelques minutes plus tard, sa mère entre sans frapper dans sa chambre. Son visage crispé par la colère n'annonce rien de bon.

— Paloma ! Tu vas m'expliquer tout de suite ce que tu manigances dans mon dos !

— Mais maman… qu'est-ce qu'il y a ?

Aline reste debout, les bras croisés sur la poitrine. Son regard parcourt d'un air exaspéré les posters de chevaux accrochés au mur, puis les bottes boueuses de sa fille, posées sur la moquette. Paloma se redresse à demi dans son lit, le cœur serré par l'appréhension.

— Mamie vient de me téléphoner ! s'écrie Aline. Elle a reçu ce matin une lettre de toi. Il paraît que tu lui demandes de l'argent, pour ce maudit cheval... Tu en demandes aussi à papi. Tu sais bien que mes pauvres parents ne roulent pas sur l'or.

Paloma secoue ses longs cheveux roux. Après s'être mordu les lèvres, les joues rouges de confusion, elle marmonne :

— Je ne pensais pas que cela ferait un drame ! Je leur ai juste raconté ce qui se passait... et que ce serait génial s'ils pouvaient m'envoyer à l'avance l'argent de mon anniversaire, et celui pour Noël... puisque je suis née le 2 décembre !

La mère et la fille se regardent longuement en silence. Paloma ajoute enfin :

— J'ai aussi écrit à Claude, ton frère, et à papa... et à Étienne Cuzenac, mon grand-père qui ne me connaît pas.

Aline pousse un énorme soupir. Prête à pleurer de contrariété, elle vient s'asseoir sur le lit.

— Ma chérie ! Même si par miracle tu réunissais la somme dont tu rêves, que ferais-tu de ce cheval ? Je ne te comprends plus... Mamie pense la même chose, elle dit que c'est de la folie !

Paloma se sent perdue. Personne ne l'aidera. Dans dix jours, Liano disparaîtra de sa vie, à cause de tous ces gens qui lui conseillent d'être raisonnable, sérieuse...

— Alors mamie et papi refusent ? ose-t-elle murmurer.

— Non, ils vont t'expédier un mandat. Mais, à ta place, j'aurais honte...

Sur ces mots, Aline sort de la chambre en claquant la porte. Paloma ferme les yeux. Malgré tout, un peu d'espoir continue à danser au fond de son cœur. Elle reprend ses calculs.

— Si je vends ma mobylette 600 euros, avec les 200 euros de papi et mamie, j'aurai 800 euros... Il ne manque plus que 400 ! Peut-être que papa va me répondre, et mon oncle.

Elle n'espère rien de son autre grand-père, Étienne Cuzenac, qu'elle imagine sévère, exigeant et méprisant.

« Liano, je t'aime..., pense-t-elle très fort. Je ne veux pas te perdre. »

***

Lorsque Paloma arrive au centre équestre, à 15 heures passées, une reprise est déjà commencée, sous le couvert du manège. De la tribune, elle contemple les cavaliers. Il lui faut moins d'une minute pour constater que Marie monte Liano. L'étalon semble nerveux. Sa robe bai est tachée de sombre à l'encolure.

« Marc m'avait prévenue ! songe-t-elle avec amertume, mais je n'aime pas ça. Et Liano est en sueur… »

Le moniteur l'a aperçue. Il lui fait signe de le rejoindre au centre du manège.

Paloma se précipite, heureuse d'être admise à cette place un peu privilégiée. Mais à peine se retrouve-t-elle près de Marc qu'il murmure :

— Ton chouchou se comporte très mal ! Il ne comprend rien aux ordres.

Le cœur serré, Paloma observe le cheval et Marie. Bien que très bonne cavalière, celle-ci paraît mal à l'aise.

— Tu ne crois pas que Marie le tient trop court ? chuchote-t-elle. Regarde les rênes, il ne peut pas se détendre… et puis elle donne trop de jambes.

Le moniteur fait une grimace perplexe. Puis il jette un regard moqueur sur Paloma.

— Dis donc, tu te prends pour qui ? Marie monte depuis six ans, tu ne peux pas en dire autant ! Un cheval, il faut le dominer, sans violence, je suis d'accord, mais ce n'est pas un toutou ou une peluche.

Douchée par le ton cinglant de Marc, Paloma baisse la tête et étudie un bon moment le bout de ses bottes. Cela ne l'empêche pas de respirer avec un plaisir triste l'odeur de la sciure, des cuirs graissés, d'écouter aussi le bruit sourd des sabots sur la piste.

Brusquement, une ombre énorme se dresse devant elle, une respiration forte se rapproche, tandis que la main de Marc la tire en arrière.

— Attention ! crie une voix de fille.

Paloma sent un souffle contre son visage. Liano se tient devant elle, frémissant d'une joie farouche, mais la selle est vide…

— Est-ce que tout va bien, Marie ? demande Marc en aidant la jeune fille à se relever.

La question résonne dans un parfait silence. Les autres cavaliers ont arrêté leurs chevaux. Paloma saisit les rênes de Liano. Elle ne sait pas encore ce qui s'est passé. Marie, les yeux pleins de larmes contenues, s'apprête à remonter sur l'étalon.

— Il a foncé sur toi en faisant des sauts de mouton* ! explique-t-elle. Je suis tombée !

— Tu as mal ?

— Non ! réplique sèchement Marie en mettant le pied à l'étrier.

Malgré tout, une brume de bonheur enveloppe Paloma, parce que son cheval, comme elle le nomme dans le secret de son cœur, a désobéi pour la rejoindre. Marc, lui, n'est pas content du tout.

— Allez, Marie, en selle, et plus vite que ça ! hurle-t-il. Montre-lui que c'est toi qui commandes ! Sers-toi de ta cravache s'il fait encore un caprice !

Stupéfaite, Paloma n'ose pas intervenir. Liano n'a jamais reçu un coup de cravache ! C'était un des principes de leur moniteur, du moins avec un jeune cheval juste débourré.

La reprise continue. L'étalon, piaffant et palpitant d'une colère sourde, a repris sa place entre Jilou et Clovis.

* Sauts de mouton : le cheval lève les quatre pieds en même temps en arrondissant violemment le dos.

— Dans le virage, vous partez au trot enlevé ! crie Marc.

Paloma préfère s'en aller. Le moniteur, la voyant s'éloigner à petits pas, déclare froidement entre ses dents :

— Reste ici ! Si Liano recommence, je vais lui montrer qui est le chef !

L'adolescente ne bouge plus, mais l'angoisse l'envahit. Ses yeux ne quittent plus l'étalon, guettant le moindre de ses mouvements, car Liano donne du fil à retordre à sa cavalière. Il trotte de façon désordonnée, tente trois foulées de galop, lève sa belle tête furieuse pour échapper à l'emprise des rênes.

— Au galop sur la diagonale ! lance Marc durement.

Élisabeth pousse Clovis qui s'élance en secouant sa longue crinière jaune. Marie essaie de diriger Liano sur leurs traces, mais en vain. Elle lui donne un petit coup de cravache sur le flanc droit. Aussitôt l'étalon pique du nez, puis se cabre avec un hennissement strident. Debout sur ses postérieurs, il paraît formidable et menaçant tout d'un coup. S'il se lève davantage, il peut se retourner et écraser Marie dans sa chute.

Le moniteur s'avance prudemment. Paloma

se tord les mains. Jamais elle n'aurait cru Liano capable d'autant de violence.

« Pourvu qu'il n'arrive rien de grave ! » songe-t-elle, effrayée.

Là-bas, à quelques mètres, les sabots de Liano continuent à battre l'air, tandis que Marie sanglote, cramponnée à la crinière... Marc tend la main vers les rênes, au risque d'être blessé.

— Liano ! Arrête ! Viens... Viens, mon Liano ! crie soudain Paloma sans réfléchir.

L'étalon semble hésiter, puis il bascule en avant. Le moniteur a bondi sur le côté en jetant une exclamation de colère. Quant à Marie, désarçonnée par la ruade joyeuse qu'exécute sa monture, elle se retrouve de nouveau à terre.

Liano, à présent, trotte tranquillement jusqu'à Paloma. Il appuie son chanfrein contre sa poitrine, en renâclant doucement. Sans hâte, elle prend les rênes.

— Là, mon Liano... c'est fini ! N'aie pas peur..., chuchote-t-elle.

— Paloma ! hurle Marc. Amène ce cheval ici !

Elle n'a pas le choix. L'étalon la suit docilement. Marc examine Marie, qui, pendue à son bras, tremble d'émotion. Enfin, il affirme d'un ton ferme :

— Tu dois remonter tout de suite, Marie,

même dix minutes. Arrête de pleurer, tu n'as rien de cassé… Si nous le laissons sur cette petite victoire, nous n'en tirerons plus rien de bon.

Le visage marbré de larmes, pliée en deux, Marie crie presque :

— Non, je ne veux pas ! J'ai eu trop peur, Marc ! Et j'ai mal au dos ! Puisque Paloma est si maligne, elle n'a qu'à le monter, elle… son cheval ! Moi, je n'ai plus envie !

Sur ces mots, l'adolescente jette sa cravache dans la sciure et s'en va d'une démarche boitillante.

— Bien ! Parfait ! déclare Marc. Voici un bel exemple de bêtise ! Car je le dis à vous tous, rester sur un échec, il n'y a rien de pire…

Les autres élèves, qui attendent groupés au fond du manège, approuvent d'un mouvement de tête unanime. Paloma attend, très pâle. Que va-t-il se passer maintenant ? Si Marc décide de monter en personne Liano et de lui apprendre les « bonnes manières », selon son expression, elle ne le supportera pas. Mais son moniteur se contente de la regarder attentivement.

— Toi, je ne sais pas ce que tu as mis dans la tête de ce canasson ! Alors, comme dirait cette chère Marie, puisque tu es si maligne, vas-y !

— Je peux le monter ? bredouille-t-elle.

— Oui ! Attention, en douceur !

Paloma pique du nez pour cacher sa joie. Calmement, elle règle les étriers, vérifie la sangle, ajuste les rênes. Au passage, elle distribue à Liano une petite caresse tout en murmurant des mots rassurants. Le cheval semble très calme. Il ne bouge pas, ne trépigne plus. Quand Paloma se met en selle, il s'ébroue d'un air satisfait.

— Marchez au pas ! entonne Marc d'un ton ironique, marchez au pas !

La reprise se poursuit. L'étalon a changé d'attitude : plus de rebuffades ni de ruades. Pas, trot, galop, à chacune des allures, Paloma n'a aucune difficulté à le diriger.

— Eh bien ! plaisante le moniteur, le tigre est devenu mouton.

Paloma sourit à peine, tant elle se concentre sur les moindres tressaillements de sa monture, sur l'inclinaison de ses oreilles. Elle sait qu'approche le moment où Marc lui demandera d'évoluer seule le long de la piste, afin de réviser les figures de dressage. Pourtant, là encore, tout se déroule à merveille. Volte, demi-volte, diagonale, Liano fait preuve d'une docilité surprenante.

— Bon, ça suffit pour aujourd'hui ! annonce Marc. Caresse bien ton cheval, Paloma. Il a travaillé comme un chef.

La fierté, le soulagement, l'espoir entrent en tourbillon dans le cœur de Paloma. Épuisée, elle s'allonge sur l'encolure de l'étalon, la joue contre sa crinière noire.

— Liano, je t'aime !

Ce n'est qu'un chuchotis inaudible, mais le cheval perçoit la tendresse du message et la confiance absolue de sa cavalière. Il baisse sa belle tête, laisse échapper un petit hennissement. Paloma croit comprendre : « Moi aussi »…

7. Doutes et certitudes

En quittant le centre équestre, Paloma hésite à rendre visite à Marie, qui habite un hameau voisin. En mobylette, ce petit détour ne prendrait pas longtemps.

«Je suis sûre qu'elle m'en veut! se dit-elle. Mais ce n'est pas ma faute si Liano a confiance en moi! Oh! Tant pis... Je lui en parlerai lundi matin.»

Elle accélère, tellement heureuse qu'elle retrouve le plaisir de zigzaguer entre les flaques et les galets à fleur de terre. L'air frais du soir dégage des parfums de feuilles mortes, de prés gorgés d'eau, auxquels se mêle, celle, ténue et tiède, des premiers feux allumés dans la vallée.

Bientôt apparaissent les lumières du village, le clocher de l'église, et tout là-haut, le contour sombre des montagnes. Paloma contemple ce paysage familier avec émotion. Elle ne regrette plus d'y être venue, puisque Liano l'attendait.

Paloma trouve l'appartement désert. Sa mère a dû sortir faire des courses. Vite, elle s'enferme avec soulagement dans sa chambre, afin de mieux savourer son bonheur. Remettant à plus tard douche et tenue de maison, elle se jette sur son journal. Comment, sinon, exprimer tout ce qu'elle ressent…

Il s'est passé quelque chose d'incroyable aujourd'hui ! J'ai eu la preuve que Liano m'aimait vraiment, qu'il avait confiance en moi, comme avait dit le vieux Jeannot ! Marie montait Liano, à sa manière, et cela n'a pas plu à mon cheval adoré. Il a préféré me rejoindre au centre du manège, en faisant tomber sa cavalière. Bien sûr, j'étais ennuyée, mais, au fond, si contente. Liano a montré à tout le monde qu'il me préférait… Marie l'a repris, elle a dû utiliser sa cravache et là, Liano s'est cabré. Il était superbe, mais un peu effrayant. Marc s'est approché. S'il avait pris un coup de sabot, c'était le drame. Alors j'ai appelé Liano. Il s'est élancé vers moi avec des sauts de mouton terribles. Marie est encore tombée. Mais la suite a été merveilleuse. J'ai pu monter mon cheval et, miracle, il m'a obéi parfaitement. Notre cher moniteur en est resté muet de surprise.

Et plus tard, quand je pansais Liano dans son box, Marc est venu me parler. Il m'a annoncé que maintenant, c'est moi qui le monterai, et même le jour de la présentation, à Prat. Il a ajouté : « Je crois que c'est sa seule chance d'être confirmé étalon ! » Je suis folle de joie, je vais entraîner Liano. Je n'ai plus le droit à l'erreur.

Paloma pose son stylo et relit ce qu'elle vient d'écrire. Soudain un doute énorme lui empoigne le cœur. Si son cheval bien-aimé devient un étalon agréé, son existence se passera au pré, en montagne, à la tête d'une petite troupe de juments. La belle vie, plus de reprises, ni de harnachements. La liberté.

« Mais le problème ne change pas. Je ne le verrai plus, plus jamais ! »

Paloma pousse un soupir découragé en imaginant l'autre possibilité. Liano se conduit mal au concours, M. Lombettes le vend à un boucher…

Quant à elle, elle n'a même pas la moitié de la somme qui le sauverait. Elle tape rageusement du poing sur son bureau :

— Toujours la même histoire ! Si je comprends bien, il ne sera jamais à moi ! Personne ne m'écrit, personne ne téléphone, à part mes grands-parents.

Un bruit de pas dans le couloir lui fait relever la tête. Aline vient de rentrer. À de menus détails, Paloma devine que sa mère est énervée : sa façon de claquer la porte, de déplacer une chaise, de marcher... et de frapper trois coups secs à sa porte, après avoir actionné en vain la poignée.

— Paloma ! Ouvre tout de suite.

Le visage d'Aline paraît marqué par la contrariété et le chagrin. Elle regarde froidement sa fille en déclarant :

— J'étais de congé cet après-midi. Tu t'en souviens ?

— Oui, répond Paloma d'un ton inquiet.

— Eh bien, j'ai reçu des appels, au sujet d'une mobylette à vendre ! Une annonce affichée au collège ! Une mobylette, selon le texte, *comme neuve, une occasion unique à saisir*... Paloma, je ne te comprends plus, et je suis très déçue. Tu sais, j'ai fait une folie en prenant ce crédit, je voulais que tu aies un engin neuf, que tu roules en sécurité... et toi, tu décides de le vendre, sans me prévenir. Je suppose que c'est à cause de ce cheval ?

Aline est sur le point de pleurer à présent.

— Maman chérie, je t'en prie ! bredouille Paloma, sincèrement désolée. Je n'ai pas osé te le dire. Je ne pensais pas que tu aurais tant de peine ! Ce n'est pas si grave, quand même...

— Pour moi, c'est grave ! réplique Aline d'un air complètement bouleversé. Je te préviens, en tout cas, j'ai répondu qu'elle était déjà vendue, ta mobylette ! Et tu vas me promettre d'enlever l'annonce dès lundi.

— D'accord, maman..., s'écrie Paloma dont la voix commence à trembler. Pourtant, avec cet argent et celui des grands-parents, je pouvais presque sauver Liano ! Tu comprends, il est vivant, lui, ce n'est pas un engin en fer et en plastique. Ce cheval, il me regarde... Maman, si tu savais le regard qu'il a ! Mais ça ne t'intéresse pas. S'il meurt, ça t'est bien égal !

Paloma referme la porte de sa chambre, tourne le verrou. Elle contemple avec désespoir les posters de chevaux, son carnet ouvert sur une page pleine de mots joyeux. Enfin elle sanglote sans bruit.

« Maintenant, je n'ai plus le choix ! songe-t-elle. Liano doit épater les juges, le jour du concours ! Et jamais il ne sera à moi, jamais, jamais... »

***

Paloma, assise au fond du car de ramassage, s'obstine à regarder par la vitre. Deux rangées de sièges plus loin, Marie et Élisabeth bavardent sur le ton des confidences. Elles ont échangé avec Paloma un bref salut, qui l'a découragée de s'installer à leurs côtés.

« Tant pis ! s'est-elle dit, le cœur serré cependant. Ce ne sont que des gamines. Si Marie m'en veut pour samedi, cela prouve qu'elle est idiote... »

Le lourd véhicule suit les gorges de l'Arac, où serpente la seule route menant au collège, situé dans une petite ville voisine. D'un côté la rivière tumultueuse, courant sur de gros rochers, de l'autre la masse noire des falaises, semées de fougères couleur de rouille, parcourues de ruissellements argentés.

« Et si papa répondait à ma lettre ! rêve Paloma tout éveillée. S'il volait à mon secours ! Ce serait trop bien... Il arriverait au centre équestre. Il dirait que Liano est le plus beau cheval du monde… qu'il me l'achète. Plus de soucis… Maman me pardonnerait… »

En pensant à sa mère, Paloma pousse un soupir. Le week-end lui a paru interminable, car Aline s'est murée dans un silence réprobateur. À part quelques banalités sur les repas et le temps, elles sont restées chacune sur leurs positions.

« Ce soir, j'espère que l'ambiance sera moins sinistre ! songe l'adolescente, qui ne s'est jamais sentie aussi seule. Et puis j'aurai peut-être du courrier… Mon oncle, ou le fameux Étienne Cuzenac ! »

Mais aucune enveloppe n'attend Paloma, quand elle rentre du collège, comme si les membres de sa famille demeuraient sourds à ses appels au secours. Alors, en entendant les pas de sa mère dans l'escalier, elle se précipite à sa rencontre.

— Maman ! Je t'en prie ! murmure-t-elle, les bras tendus.

Aline répond à son geste de réconciliation. Paloma se blottit contre sa poitrine, en retenant des larmes d'angoisse et de déception.

— Là, ma chérie ! Calme-toi. Je t'aime toujours aussi fort, sais-tu, même si j'ai l'air fâchée... Là, ne pleure pas.

Paloma sourit tristement. Sa mère emploie les mêmes inflexions câlines, en la consolant, qu'elle-même adresse à Liano. Tout bas, elle soupire :

— Je parle comme ça à mon cheval, lorsqu'il a peur ! Et je lui caresse la crinière ; toi, tu touches mes cheveux. On se ressemble, lui et moi ! Toujours prêts à trébucher ou à tout casser.

Aline chuchote à l'oreille de sa fille :

— Je m'en doutais un peu, ma pauvre puce... Sinon tu ne l'aimerais pas tant. Allez, courage ! Dans la vie, il ne faut jamais désespérer. J'en sais quelque chose, Paloma.

***

« Ne jamais désespérer ! » se répète Paloma mardi soir, en ne trouvant aucune lettre, pas même celle promise par ses grands-parents. L'appartement est désert, pas un bruit, pas une odeur de cuisine...

« Maman ne rentrera pas avant la nuit ! » se dit-elle.

L'adolescente soupire. Il n'est que 18 heures.

Vite, elle écrit un petit mot à sa mère et se change.

— Je dois voir Liano ! Je suis sûre qu'il m'attend.

Déjà elle croit sentir l'odeur familière de l'écurie. Quelques carottes, deux sucres, ses bottes.

Juchée sur sa mobylette, Paloma revoit sa journée au collège. Marie et Élisabeth lui ont parlé, après le déjeuner. Explications, réconciliation... Des mots et des sourires qui lui ont laissé une impression étrange.

— Je crois que Marie m'en veut encore ! Même si elle prétend le contraire.

Certaines paroles lui reviennent.

« Marc a souvent dit que j'étais la meilleure cavalière du centre, alors tomber devant tout le monde... », a affirmé Marie.

« Et Liano a commencé à désobéir quand tu es entrée dans le manège ! » a ajouté Élisabeth.

Maintenant Paloma comprend. Elles sont jalouses, parce qu'une débutante n'a pas le droit de progresser trop vite, de faire obéir un jeune étalon capricieux.

« Tant pis ! pense-t-elle. Liano n'est pas un cheval comme les autres, il est deux fois plus intelligent, voilà ! Il est merveilleux... »

Lorsqu'elle se gare à l'abri du hangar à paille, Paloma a les larmes aux yeux. Ce n'est pas le vent froid, encore moins la pluie, juste cet amour si fort, insensé, dont personne ne soupçonne l'importance.

Les portes de l'écurie sont fermées. Paloma tente de les faire coulisser, en vain. Elle tape légèrement dessus, espérant que le vieux Jeannot l'entendra, s'il est là. Un hennissement strident lui répond, suivi des appels sonores des autres chevaux.

— Liano ! chuchote-t-elle. Liano...

Paloma fait le tour des bâtiments. Soudain elle se souvient... Marc cache une petite clef, destinée au palefrenier justement, quand il part le dernier ou arrive le premier.

— Sous le tracteur, c'est ça.

Quelques minutes plus tard, Paloma peut entrer dans le centre équestre, déjà plongé dans la pénombre. Les chevaux s'agitent, surpris et heureux d'avoir de la visite. Mais l'étalon cogne bruyamment sa porte, à coups de sabot. Il tend la tête en secouant son épaisse crinière noire, légèrement ondulée.

— Oui, mon Liano ! C'est moi...

Paloma se précipite vers « son » cheval. Elle tire le loquet du box et se glisse à l'intérieur.

Liano se laisse cajoler avec joie, sans oublier de chercher les friandises qu'il sent dans la poche de l'adolescente. Elle distribue carottes et sucres, puis entoure la puissante encolure de ses bras.

— Liano ! Bientôt, il faudra que tu sois le meilleur ! Tu devras m'obéir et marcher fièrement... Après tu auras la belle vie, c'est promis ! Alors on va travailler tous les deux, comme des chefs, parce que moi, je ne veux pas que tu meures, ça non... Et puis on se reverra ! Avec ma mobylette, je te chercherai dans tous les prés de la montagne...

La voix de Paloma tremble, les larmes jaillissent. Appuyant son front contre l'épaule de l'étalon, elle se met à pleurer, sans bruit, sur ses rêves impossibles.

8. Le 28 octobre

— Maman ? Vite, je dois être au centre équestre à 8 heures... La veste noire, je ne la trouve plus...

Paloma traverse l'appartement d'un bout à l'autre depuis vingt minutes. Sa mère, en robe de chambre, a du mal à suivre le mouvement. Elle prépare un repas froid pour sa fille, qui revient dans la cuisine à grands pas, vêtue d'un pantalon d'équitation blanc et d'une chemise encore plus blanche.

— Ma chérie ! s'écrie Aline. Que tu es chic !

— Et ma coiffure, ça va ? Marc a dit que je devais être très correcte.

— Tu es « correcte » et surtout tu es adorable, Paloma ! Métamorphosée...

L'adolescente passe une main sur ses cheveux tirés en arrière et nattés à partir de la nuque. L'angoisse lui broie le cœur. Le 28 octobre est arrivé bien trop vite à son avis. En avalant un grand verre de jus d'orange, Paloma pense à Marie, à Élisabeth. Les bouderies et jalousies sont oubliées. L'une lui a prêté le pantalon blanc, l'autre les bottes noires qui sont un peu petites.

— Vite, maman ! Vite ! Je voudrais que tout soit fini ! Tu es sûre que tu ne peux pas venir me voir ?

Aline soupire en prenant sa fille par l'épaule.

— Je ferai de mon mieux, ma chérie. Mais c'est loin, et je termine à 13 heures. Allons, calme-toi ! Je suis sûre que tout va bien se passer. Finalement, c'est quand même toi qui vas le sauver, ce cheval...

Paloma ne répond pas, exaspérée. Sa mère croit que tout s'est arrangé. Bien sûr, elle n'entend plus sa fille pleurer, mais seulement lui raconter les progrès de Liano. Depuis une semaine, l'ambiance à la maison demeure paisible. Au centre équestre aussi. Marc a déclaré que l'étalon exécutait la reprise de dressage parfaitement, qu'il ne trébuchait plus...

« Maman me trouve raisonnable ! pense Paloma en endossant son sac. Je n'allais pas me plaindre pendant des jours. Je n'ai plus qu'une chose à faire, réussir cette reprise et dire adieu à Liano. »

— Bonne chance, ma petite chérie ! chuchote Aline en l'embrassant à plusieurs reprises. Et bientôt, nous irons t'acheter un équipement complet d'équitation !

Paloma hoche la tête avec un sourire forcé. C'est vrai, elle dispose de 500 euros, car ses grands-parents ont envoyé un mandat, ainsi que son oncle Claude. Sa mère a tout de suite proposé d'utiliser une partie de cet argent pour acheter des bottes neuves et deux pantalons de cheval.

Mais Paloma a préféré attendre que le fameux 28 octobre soit passé. Elle reprendra une vie normale, une respiration régulière, quand Liano sera vraiment sauvé.

En roulant vers le centre équestre, Paloma observe le paysage. Un peu de brume stagne autour de la rivière, mais on devine, à la lumière vive du petit matin, que la journée sera radieuse.

« Papa n'a pas donné signe de vie ! songe-t-elle en se répétant l'expression favorite de sa mère. Ni M. Étienne Cuzenac ! »

L'adolescente éprouve plus de colère à l'égard

de ce grand-père inconnu que de son père. Daniel Cuzenac a pu déménager au bout du monde, mais Étienne, lui, habite toujours à la même adresse. Paloma, jeudi matin, a cherché son numéro de téléphone. Elle a demandé à la responsable du CDI du collège de pouvoir faire des recherches sur internet. Bien que peu habituée à se servir d'un ordinateur, Paloma, la rage au cœur, a pu consulter l'annuaire. Étienne Cuzenac, éleveur, existait bien. Le soir même, elle a composé le numéro. En entendant le bruit de la sonnerie, une véritable terreur s'est emparée d'elle. Elle a raccroché. Que dire à ce grand-père ? Comment se présenter... Et puis il n'avait même pas pris la peine de répondre à sa lettre.

Pourtant elle a encore appelé. La gorge nouée par l'émotion, cette fois, elle a laissé sonner six fois. Il y a eu, enfin, une voix d'homme :

— Oui, les écuries Cuzenac.

Paloma a bredouillé d'un ton interrogateur :

— C'est M. Cuzenac ?

La réponse l'a rassurée et découragée :

— Non, un stagiaire, qui est à l'appareil ?

L'adolescente n'a pas pu dire un mot de plus. Elle a raccroché de nouveau, en traçant une croix imaginaire sur l'image floue et insaisissable d'un grand-père cavalier, propriétaire d'une écurie probablement luxueuse.

— Ah ! Paloma ! Tu es presque en retard ! lance Marc qui paraît nerveux. Bon, il faut embarquer Liano dans le van... Je t'attendais, puisque tu le mènes par le bout du nez.

Elle sourit. Le moniteur ne fait aucun commentaire sur sa tenue. Cela signifie sûrement qu'elle lui convient. En entrant dans l'écurie, Paloma cherche des yeux la silhouette du vieux Jeannot, mais le palefrenier n'est pas là.

L'étalon piaffe d'impatience en regardant son amie, immobile à quelques pas de son box. Dès qu'elle s'approche, il balance sa belle tête de droite à gauche, puis de gauche à droite, tandis que ses yeux sombres brillent d'une joie farouche.

— Liano ! dit-elle. C'est le grand jour ! Tu vas leur montrer à tous que tu es le plus beau cheval du pays... Le roi de la montagne !

Paloma se mord les lèvres. Ne pas pleurer. Surtout pas. Marc la rejoint, un licol à la main.

— Brosse-le un peu, histoire de le mettre en confiance, Paloma. On le toilettera mieux sur place. Je charge la selle et le bridon. Départ dans une demi-heure ! Il y a de la route, tu sais...

Paloma obéit. Chaque geste se fait caresse. Les doigts démêlent la crinière avant le peigne en fer, la main lisse les poils de la robe en même temps que la brosse douce. Bien sûr, elle en profite pour lui parler, des mots secrets, chuchotés. Liano frémit par instants, attentif à cette voix câline dont il connaît toutes les nuances.

L'étalon, guidé par Paloma qui s'est munie de sucres, monte dans le van sans trop de difficultés. Une fois attaché, il s'agite en distribuant des coups de pied. Marc démarre, après avoir jeté un regard complice sur sa passagère, blême d'anxiété.

— Pas de panique, Paloma ! la rassure-t-il. C'est une reprise facile, étudiée pour les jeunes chevaux. Ne stresse pas, car Liano le sentira. Quand tu seras avec lui sur la carrière, ne pense qu'à une chose, réussir. Les juges prennent en considération les allures, la docilité, la fiabilité de l'animal. Pour devenir un reproducteur agréé, c'est normal, le but est d'obtenir plus tard des poulains ayant les mêmes qualités.

— D'accord, Marc. Mais j'ai une de ces peurs… Là-bas, le problème, c'est qu'il y aura des gens partout, du bruit, d'autres chevaux.

— Notamment d'autres étalons ! précise le

moniteur. Ne t'inquiète pas, je serai avec toi jusqu'à ce que tu entres en piste.

***

Paloma n'a jamais vu autant de castillonnais. À son avis, aucun des étalons présents sur le vaste terrain n'est aussi beau que Liano. Marc la détrompe gentiment. Ils déjeunent assis sur l'herbe, en criant un peu pour se comprendre, à cause de la musique que diffusent les haut-parleurs.

— Liano a des qualités, sa robustesse, une bonne avant-main*, une belle tête ! Mais quelques défauts, la robe un peu claire, trois centimètres de trop au garrot... Sans oublier son caractère, un mélange de mollesse et d'énergie brusque, mal employée. Donc, à toi de jouer pour la canaliser, cette énergie ! D'ici vingt minutes, on te verra au travail. Ah ! Lui et toi, vous formez un joli couple, cela peut impressionner le jury !

L'adolescente avale péniblement une dernière bouchée de son sandwich. Plus que vingt

* Avant-main : partie antérieure du cheval, en avant de la main du cavalier.

minutes ! Et sa mère n'est toujours pas là. Ni Marie qui avait promis de traîner ses parents à Prat, afin de soutenir Paloma.

M. Lombettes, lui, n'a pas manqué le rendez-vous. Quand Marc prononce le « en selle » décisif, le propriétaire de l'étalon prend la peine de vérifier lui-même si la sangle est bien serrée.

— Je compte sur vous, mademoiselle ! lance-t-il avec son accent rocailleux.

Paloma le regarde à peine. Le fameux trac dont parlent les comédiens avant d'entrer en scène la pétrifie. Elle ne peut plus dire un mot...

Liano, lui, a l'air très calme. Paloma chasse toutes ses appréhensions en se retrouvant sur son dos. L'étalon doit la sentir confiante et tranquille.

— Allez, Liano ! murmure-t-elle. Un petit peu de détente au paddock et ce sera à nous.

L'entraînement se déroule à merveille, sous la surveillance de Marc. Liano et Paloma évoluent en parfaite harmonie. À chaque foulée, la jeune cavalière prend de l'assurance, car rien ne semble déranger Liano, ni la rumeur de la foule ni la musique. Lorsqu'il croise un autre étalon, il se contente de pousser un petit cri aigu, les naseaux tendus.

— C'est à toi, Paloma ! dit Marc.

Un des juges annonce au micro :

— Et voici Liano, trois ans, monté par Paloma Cuzenac. Ce cheval appartient à M. Antoine Lombettes, du Pré-Cazalos.

Paloma guide l'étalon jusqu'à la tribune. Elle salue le jury en inclinant la tête puis se dirige sur le bord de la piste. Là, appuyée à la barrière, l'air essoufflé, sa mère lui fait un petit signe de la main. Cette image réconforte l'adolescente. Elle aura au moins un supporter parmi le public…

Liano avance maintenant d'un trot régulier, enchaînant les figures imposées. Paloma n'est plus que concentration. Une rumeur d'approbation court dans la foule, séduite par sa grâce et ses gestes mesurés. Le cheval soulève aussi des compliments qui se répandent de bouche en bouche, en sourdine. L'encolure légèrement courbée, la longue crinière noire, les jambes puissantes, Liano suscite l'enthousiasme dès qu'il prend le galop.

« Plus que la diagonale ! se dit Paloma, ensuite la volte et la longueur. Après c'est fini… »

Ce n'est pas une raison pour relâcher son attention. Les barrières métalliques approchent. Paloma se prépare à commencer la volte. Toute proche, une dame âgée, coiffée d'un casque de boucles argentées, ramasse une boule de poils jaunes, au bout d'une laisse rouge. Elle cale le petit chien dans ses bras. Celui-ci, en voyant arriver droit sur lui une énorme bête au souffle puissant, se lance dans un concert d'aboiements furieux.

Liano fait un écart d'une rare brutalité. Paloma perd l'équilibre... Elle réussit à s'accrocher à la crinière. De toutes ses forces, de toute sa volonté, ballottée par le rythme de la course, elle tente pourtant de se remettre en selle, mais l'étalon galope follement, les rênes frôlant le sol devant lui. Affolé, il cherche une issue, tandis que la foule recule en poussant des exclamations inquiètes.

— Liano ! Ho ! Ho ! parvient à crier Paloma, à bout de forces.

Mais le cheval n'entend plus rien. Apercevant au loin l'alignement des prairies, l'orée d'un bois, il prend son élan et saute la barrière qui lui barre la route. Paloma lâche prise. Sa tête heurte avec violence quelque chose de dur... Les bruits alentour, la lumière du ciel, le vert de l'herbe, la peur même, tout s'efface en une seconde, se fond dans un noir absolu.

9. Compte à rebours...

C'est une sensation de douleur qui réveille Paloma. D'abord, elle se demande ce qu'elle fait couchée sur un lit inconnu, mais le tube d'une perfusion la renseigne immédiatement. On l'a emmenée à l'hôpital. Un néon l'éblouit, tandis que derrière les baies vitrées la nuit tombe déjà.

— Ma petite chérie, murmure la voix d'Aline, ne bouge pas. Tout va bien.

— Maman ? Tu es là ?

Sa mère se lève du fauteuil d'où elle veillait sur sa fille. Paloma tente de se tourner un peu, la douleur revient, lancinante.

— Maman, qu'est-ce que j'ai ? demande-t-elle, effrayée.

— Rien de grave, ma Paloma, heureusement ! J'ai eu tellement peur quand tu es tombée. Tu as eu un choc à la tête, on t'a fait des radios, un scanner… Je ne veux plus te voir à cheval !

Le mot « cheval » tire la blessée de sa somnolence. Liano ! Elle revoit le terrain où avait lieu la présentation des étalons castillonnais, la dame au chien, l'envol de Liano par-dessus la barrière…

— Qu'est-ce qui s'est passé, maman ?

— Tu ne t'en souviens pas ! s'écrie Aline d'un ton affolé.

— Je veux dire… après, pour Liano ?

Sa mère pousse un soupir d'exaspération :

— Je n'en sais rien ! Ce fou de cheval a filé vers les bois, je crois. Toi, ma pauvre chérie, tu t'es évanouie. On a appelé les pompiers. Si je m'attendais à ça… J'en suis encore malade !

On frappe à la porte. C'est Marc, l'air gêné.

— Je voulais des nouvelles fraîches…, explique-t-il. Tiens, Paloma, je t'ai apporté des chocolats. Comment te sens-tu ?

Aline aide sa fille à s'asseoir. Paloma dévisage son moniteur avec surprise. Ce n'est pas tant sa présence à l'hôpital qui la déconcerte, mais le fait de le voir sans son éternelle tenue d'équitation.

— J'ai un peu mal au dos, et là, répond-elle en se touchant la nuque. Rien de grave, n'est-ce pas, maman ? Et Liano ? Où est-il ? Il n'est pas tombé, lui ?

— Non ! rassure-toi..., marmonne Marc en évitant de la regarder. Je l'ai rattrapé assez facilement, il broutait au bord d'un chemin.

Paloma tourne entre ses doigts le sachet de chocolats. Son cœur bat très fort, à cause de cette question qu'elle doit poser...

— Marc ? Est-ce que Liano a été confirmé étalon ? Oui, je pense... la reprise était impeccable, tu as vu ! Il a exécuté toutes les figures... S'il n'y avait pas eu cet idiot de chien, on finissait en beauté !

Le moniteur semble réfléchir, puis il hausse les épaules.

— Non, il n'a pas plu aux juges. Désolé, Paloma. Leur souci est d'améliorer la race, ils évitent donc les sujets dont le mental* présente des défauts évidents.

L'adolescente ferme les yeux. Elle refuse d'imaginer la suite des événements. Marc s'approche et lui tapote gentiment l'épaule.

— J'ai ramené Liano au centre équestre, dit-

* Mental : caractère du cheval.

il. J'ai conseillé à M. Lombettes de le mettre en vente, chez moi, comme cheval de selle. À condition d'en faire un hongre*. Alors, pas de panique, tu le reverras !

Aline raccompagne le moniteur. Restée seule, Paloma se laisse retomber sur ses oreillers. Les paroles de Marc l'ont apaisée, pourtant elle se sent étrangement faible, comme une petite fille malade.

« Je vais dormir un peu, songe-t-elle, et demain j'irai voir Liano. Demain... »

Le lendemain, un dimanche, Paloma rentre chez elle. Toutefois, le médecin qui l'a examinée avant son départ a été catégorique : elle doit rester couchée au moins quarante-huit heures. Aline l'installe confortablement.

— Je ne te quitte pas de la journée, ma chérie ! déclare-t-elle. Je vais brancher la télévision dans ta chambre et faire un gâteau au chocolat, ton préféré.

— Merci, maman... mais tu n'es pas obligée.

— Si ! Tu as subi un choc, je ne suis pas tran-

* Hongre : cheval castré qui ne peut pas se reproduire, donc plus docile. La majorité des chevaux mâles utilisés sont des hongres.

quille. Repose-toi bien… Tu as de la chance, ce sont les vacances de la Toussaint, tu ne manques aucun cours.

Paloma n'a pas le choix. Malgré les anti-inflammatoires et les antidouleurs qu'elle avale régulièrement, son dos la fait encore souffrir. Ce qui la torture davantage, c'est de ne pas pouvoir parler de Liano… Dès qu'elle a voulu aborder le sujet, sa mère a pris une mine chagrine. Paloma aurait aimé entendre l'opinion d'Aline sur sa reprise de dressage. Recueillir un ou deux compliments sur son assiette ou sur la beauté de l'étalon.

En lui souhaitant bonne nuit, Aline l'embrasse tendrement.

— Dors bien, ma chérie ! Tu l'as échappé belle, tu sais. Marc m'a avoué qu'il a eu très peur pour toi, lui aussi… Il pense que ce cheval, même si tu avais pu l'acheter, ne te convient pas du tout. Il lui faudrait un cavalier expérimenté. Tu verras, un jour, tu réaliseras ton rêve, tu auras un cheval bien à toi !

Paloma approuve en silence, avec un sourire triste. Sans le savoir, sa mère vient de raviver son chagrin.

***

La journée de lundi passe encore plus lentement, car Paloma est seule tout l'après-midi. Deux fois, elle a tenté de se lever pour aller au centre équestre avant le retour de sa mère, mais elle a dû renoncer, prise de vertiges dès qu'elle posait un pied sur le sol.

Aline a pris soin de laisser le combiné téléphonique à portée de sa fille. Lorsque la sonnerie retentit, Paloma sursaute avant de décrocher. En reconnaissant la voix de Marie, elle s'illumine. Au moins, elles vont pouvoir parler « chevaux ».

— C'est trop sympa de m'appeler ! s'écrie Paloma. Je m'ennuyais tant. Tu sais que je suis tombée, samedi...

— Oui, Marc m'a tout raconté ! Je suis allée au centre équestre après déjeuner. Il paraît que tu as très bien monté, que tu n'as pas fait une erreur.

Ravie, Paloma se sent soudain beaucoup mieux. Elle demande vite :

— Et Liano ? Comment va-t-il ? Je voulais passer le voir, mais j'ai le dos en bouillie ! Demain, ça ira mieux.

Marie reste silencieuse un long moment. Paloma a l'impression que son cœur va s'arrêter de battre.

— Marie ? Qu'est-ce que tu as ?

— Paloma… Liano est parti, … M. Lombettes l'a emmené ce matin. Voilà ! Je ne savais pas comment t'annoncer ça… Paloma, je suis désolée…

Paloma répète tout bas « désolée ». Combien de fois a-t-elle entendu ce mot depuis trois jours ? Cela ressemble à un mauvais refrain, « désolée, désolée ! ». Elle se met à crier :

— Vous êtes tous désolés ! Et moi alors ? Tu ne crois pas que je suis désolée ! Marie, où habite M. Lombettes ?

— Deux kilomètres après le collège, une petite route qui monte, il y a un panneau bleu, « le Pré-Cazalos ». Paloma, qu'est-ce que tu vas faire ?

Mais Paloma raccroche. En grimaçant de douleur, elle se lève.

— Vite ! Vite ! Vite ! chuchote-t-elle en s'habillant maladroitement. Vite…

Le plancher tangue un peu sous ses pieds. Tant pis. Sa volonté est telle que rien ne l'arrête.

— Une écharpe… mon blouson… et l'argent !

Ses doigts tremblent tandis qu'elle cherche les 500 euros rangés dans une enveloppe, sur son bureau. À petits pas, penchée en avant,

Paloma quitte l'appartement sans laisser de message.

Sa mobylette, garée au fond du couloir, lui apparaît tout à coup comme une machine extraordinaire qui va lui permettre de se déplacer sans le moindre effort.

— Pourvu qu'elle démarre tout de suite!

Paloma retient un gémissement en appuyant sur la pédale. Chaque mouvement se traduit par un élancement entre ses omoplates. Pourtant, cinq minutes plus tard, elle roule en direction du collège. La route, à la sortie du village, s'enfonce entre les rochers gigantesques des gorges du Sallat. Depuis deux ans, Paloma contemple ce décor grandiose, assise dans la voiture de sa mère ou derrière les vitres du car de ramassage. Seize kilomètres de virages, d'ombre glaciale l'hiver, de verdure ensoleillée l'été...

Mais en mobylette, la distance paraît se multiplier, l'air frais picote le visage, la rivière elle-même, par sa course impétueuse, semble se moquer de cet engin bruyant qui avance moins vite que ses eaux limpides.

Paloma refuse de penser tant qu'elle ne sera pas au Pré-Cazalos, tant qu'elle ne verra pas Liano bien vivant. Chaque tour de roue la rapproche du but. Ses mains, crispées sur les poignées, perçoivent la vibration du moteur. Cela devient bientôt son unique souci. La mobylette n'a pas le droit de faiblir, de la trahir.

« Cette route n'en finit plus… », se dit-elle en voyant le soleil rose disparaître de l'autre côté des montagnes qui ferment l'horizon.

Enfin Paloma atteint le rond-point du Ker. Le collège n'est pas loin. Transie, endolorie, la tête bourdonnante, elle roule maintenant en plein vent, au creux d'une vallée envahie de brume. Quelques maisons éparses se devinent au loin, grâce à leurs fenêtres éclairées d'une chaude lumière jaune.

— Vite ! Plus vite ! Encore trois kilomètres…

Après le panneau où s'inscrit en lettres blanches « Pré-Cazalos », la route monte en se rétrécissant. Paloma pédale pour relancer l'allure de la mobylette qui peine dans la côte. Mais des prés entourent l'étroite bande de goudron… et un groupe de chevaux surgit d'un bosquet d'arbres. Au petit galop, les quatre animaux s'approchent de la clôture.

Paloma frémit de joie, en contemplant leurs longues crinières noires, leurs corps puissants à la robe roux foncé.

— Ce sont des castillonnais ! Je suis arrivée !

Elle hésite à s'arrêter. Liano se trouve peut-être dans ce pré, ou dans celui d'en face. Si elle l'appelait... Non. Il vaut mieux parler d'abord à M. Lombettes, empêcher le pire.

Quelques centaines de mètres plus loin, une construction massive barre la route devenue chemin. Paloma éteint son moteur avec soulagement. Ses jambes engourdies la portent à peine. Elle enlève son casque et marche vers la maison.

Une femme d'une cinquantaine d'années ouvre la porte.

— Madame Lombettes ? demande Paloma.

— Oui, c'est moi.

L'adolescente s'appuie contre le mur. Avec des phrases courtes qui vont à l'essentiel, elle raconte son histoire. Lorsqu'elle parle de Liano, sa voix prend des accents bouleversants auxquels son interlocutrice n'est pas insensible.

— Pauvre gosse ! s'écrie Mme Lombettes. Tu as fait tout ce chemin pour rien ! Ce cheval, mon mari ne l'a pas ramené chez nous. Il l'a vendu à un boucher de Saint-Lizier... Si seulement il avait su que tu voulais l'acheter, on aurait pu s'arranger ! En plus, il m'a parlé de toi, il était bien navré, à cause de cette mauvaise chute que tu as faite, samedi...

Paloma hoche la tête. Elle ne doit pas s'affoler, mais agir. Il n'est peut-être pas trop tard. Il ne faut pas qu'il soit trop tard !

— Madame, vous connaissez l'endroit où votre mari a conduit Liano ?

— Attends un peu ! Entre donc… Tu es toute pâle.

L'épouse d'Antoine Lombettes consulte un annuaire en poussant de gros soupirs pleins de compassion. Puis elle s'écrie d'un ton dramatique :

— Et mon mari qui n'a pas pris son portable ! J'aurais pu l'appeler, sinon… Écoute, d'habitude, Antoine emmène les chevaux directement à l'abattoir de Saint-Lizier, derrière la casse automobile. Il y a des grands prés à côté. Mais à cette heure-ci, les bureaux sont fermés. Alors, pour savoir quelles sont les bêtes qu'ils ont abattues… Rentre chez toi, et téléphone-nous après 8 heures. Antoine en saura plus que moi…

10. De l'autre côté de la nuit

Paloma referme son blouson. Elle marmonne un « merci » étouffé et sort précipitamment. Une tempête de chagrin ravage son âme. Elle n'a qu'une idée, fuir Mme Lombettes dont le sourire embarrassé lui donne envie de pleurer de rage.

— « Pour savoir quelles sont les bêtes qu'ils ont abattues... », répète Paloma en courant presque jusqu'à sa mobylette.

La cruauté inconsciente de ces quelques mots l'horrifie. Elle s'élance sur la route en pente, conduisant la mobylette dans un état second. Son esprit, autour de cette petite phrase, lui envoie des images insoutenables. Liano

« abattu »… le sang, la chair meurtrie, et avant cela, la peur de l'étalon, l'immense peur qu'inspire aux chevaux l'imminence de la mort.

« Vite ! se redit Paloma. Encore quinze kilomètres avant Saint-Lizier. Il y a une chance, sûrement, une toute petite chance de le retrouver là-bas vivant ! »

***

Paloma roule maintenant au sein d'un paysage baigné d'une pénombre bleuâtre. Le phare de sa mobylette n'éclaire qu'une faible portion de la grande route qu'elle suit à présent. De nombreuses voitures la doublent, certaines à une vitesse impressionnante, d'autres la croisent, l'éblouissant de leurs feux blancs qui ressemblent dans la nuit au regard de quelque créature fantastique.

La gorge serrée, les yeux secs, l'esprit rivé sur ce minuscule espoir qui ne veut pas s'éteindre, Paloma guette les lumières de Saint-Lizier. Soudain, alors qu'elle aperçoit les premiers magasins de la zone commerciale, le moteur hoquette, fait des ratés. Même en pédalant, il refuse de reprendre son ronronnement régulier.

— L'essence ! J'ai dû vider le réservoir... Je n'avais jamais roulé autant !

Encore cent mètres et l'adolescente doit se garer sur le bas-côté. Cette fois, elle se sent découragée :

— Je n'y arriverai jamais... Je n'en peux plus ! Liano, mon Liano, ce n'est pas ma faute !

Debout près de sa mobylette, appuyée d'une main au guidon, Paloma regarde autour d'elle avant de fermer les yeux un instant. Ce bref répit dans sa course folle l'aide à raisonner.

« Qu'est-ce que j'ai fait ! se dit-elle avec angoisse. Maman ne sait pas où je suis, elle doit être malade d'inquiétude. J'aurais dû rester au lit, appeler Mme Lombettes, ensuite cet affreux boucher. J'ai perdu du temps... Peut-être que maman aurait bien voulu m'aider ! »

Elle n'en est pas sûre, en vérité. Sa mère, effrayée par les événements du samedi, n'aurait sûrement pas voulu se lancer à la recherche d'un cheval.

Une voiture ralentit. Inquiète, Paloma recule un peu. Aline l'a mise en garde à plusieurs reprises sur les dangers qui guettent les jeunes filles, seules la nuit au bord des routes... Mais, au volant du véhicule, une femme assez âgée lui sourit, avant de s'arrêter. Elle baisse la vitre du côté passager.

— Tu es en panne ?

— Oui ! Panne d'essence...

— Veux-tu que je te ramène chez toi ?

Paloma n'hésite pas. Elle répond en ouvrant la portière :

— Si cela ne vous dérange pas ! J'habite près de la casse automobile. Mes parents viendront récupérer ma mobylette...

Le trajet paraît très court à Paloma, juste le temps de se pardonner ce petit mensonge qui l'aide à atteindre son but. Le quartier, assez isolé, abrite quand même quelques pavillons. La femme dépose sa passagère devant le portail de la casse.

— Merci, madame ! Je ne suis pas loin ! La maison là-bas.

La voiture s'éloigne. Paloma se met à marcher. Son cœur bat fort, malgré l'étau d'angoisse qui l'étreint douloureusement. Comparées à cette souffrance mêlée de terreur, les séquelles de sa chute semblent dérisoires à l'adolescente. Tout à coup, elle voudrait effacer les six derniers mois, n'avoir pas connu Liano. Comme elle se sentirait bien si les chevaux n'existaient pas… Mais un panneau la replonge dans le tragique présent : « Abattoir municipal ».

De l'extérieur, la grande bâtisse pourrait passer pour un entrepôt ordinaire, pourtant, derrière ces murs métalliques, des hommes mettent à mort des animaux. Proprement, dit-on, afin de fournir de la viande au reste de l'humanité, à Paloma aussi. Prise de panique en songeant à cette fatalité, elle s'écrie :

— Pas Liano ! Pas les chevaux ! Eux, ce n'est pas pareil…

Chaque pas lui coûte. Il faut qu'elle trouve les prés dont parlait Mme Lombettes. Paloma dépasse bientôt l'angle d'un mur, où se dresse un lampadaire. Elle découvre enfin le départ d'une triple rangée de fils barbelés, puis une étendue d'herbe rase, parsemée de plaques de terre boueuse. À une vingtaine de mètres, elle distingue la silhouette blanche d'un cheval. Une onde de pitié, de tendresse l'envahit. Elle se glisse sous la clôture, en gémissant, car cet exercice a ranimé la douleur de son dos…

L'animal marche vers elle, confiant. C'est une vieille jument, aux flancs creux, aux hanches saillantes. Sa tête dodeline tandis que Paloma caresse son encolure.

— Là ! Tout doux ! chantonne-t-elle.

L'écho d'un galop fait bondir le cœur de Paloma. Un autre cheval sort de l'ombre… Mais ce n'est pas Liano. De petite taille, de couleur alezan*, il s'immobilise prudemment à bonne distance.

— Viens ! N'aie pas peur.

Paloma prend dans la poche de son blouson les sucres destinés à l'étalon. Par superstition, elle en garde trois, distribue le reste.

— Je vais cueillir un peu d'herbe sous la clôture, et des pissenlits ! Ne bougez pas.

S'occuper de ces deux animaux, probablement condamnés à être tués le lendemain, l'empêche de désespérer tout à fait. En revenant vers eux, puis en leur offrant un peu de verdure, elle scrute les ténèbres qui s'étendent au-delà de la zone éclairée par le lampadaire. Le pré est vraiment immense. Des centaines de chevaux noirs pourraient s'y cacher… Elle se met à imaginer une horde sauvage surgissant de la nuit, capable de casser les barbelés et d'entraîner très loin, au cœur d'une vallée perdue, la vieille jument et son compagnon d'infortune. Liano serait le chef, bien sûr ! Libre lui aussi, sauvé lui aussi.

* Alezan : robe et crins roux.

— Mon Liano ! dit-elle à mi-voix. Où es-tu ?

Elle n'ose pas crier, à cause des habitations assez proches. Alors elle décide de se diriger vers le fond du pré, en appelant de plus en plus fort.

— Ce sera ma dernière chance ! S'il est vivant, il viendra ! Il est obligé de me répondre... mais non, il serait déjà venu...

Seule dans l'obscurité, Paloma s'abandonne enfin à de gros sanglots d'enfant, ceux qu'elle retient depuis des jours. Quand on a quatorze ans, tout le monde vous répète qu'il faut être raisonnable, penser à ses études, et ne pas pleurer pour un animal, parce qu'il y a des choses plus graves.

Paloma a essayé, mais là, elle ne peut plus jouer les grandes filles.

— Liano ! hurle-t-elle. Liano...

Quelque part au bout du pré, il y a une sorte de craquement. Puis un autre bruit, comme des pas assez lourds. Paloma s'arrête, afin de mieux écouter.

Soudain une forme rousse déboule au galop, avec un hennissement strident. L'étalon trace un cercle autour de Paloma. Sa longue crinière noire bat l'air à chaque foulée. Il semble décidé à tourner longtemps et, dans cette farouche cavalcade, exprimer sa joie et sa puissance.

— Liano ! s'écrie-t-elle, folle de bonheur.

Au son de sa voix, le cheval change brusquement de direction. En secouant la tête, les yeux brillants, il fonce droit sur son amie. Elle ne bouge pas, certaine de ne courir aucun danger. Liano pile à un mètre d'elle, son corps imposant parcouru de frémissements nerveux.

Paloma s'élance, entoure son encolure de ses bras. L'étalon frotte son chanfrein contre elle, aussi doux, maintenant, qu'il débordait d'énergie un instant plus tôt. Les doigts glacés de l'adolescente se glissent sous la crinière, caressent la robe soyeuse et tiède.

— Liano, tu es vivant ! chuchote-t-elle. Vivant ! Si tu savais comme j'ai eu peur… mais je t'ai retrouvé. Tu me manquais tellement. Tu es mon seul ami, je vais te protéger, c'est promis, juré !

Ils reviennent ensemble vers la clôture. La jument et l'alezan s'enfuient dans la nuit en voyant approcher l'étalon. Paloma en conclut que les deux chevaux ont dû repousser Liano, qui s'est réfugié au fond du pré. Elle tient l'étalon par son licol, mais à la lumière du lampadaire elle ôte son écharpe et l'utilise comme longe.

— Voilà ! Tu vas rester avec moi. Je ne sais pas ce qui va se passer, demain, mais je suis fatiguée, très fatiguée, mon Liano.

Paloma s'assied au pied d'un solide piquet, en tenant le bout de l'écharpe bien serrée dans sa main droite. La faim, l'émotion, la font trembler. Épuisée, elle s'endort presque aussitôt. L'étalon ne cherche pas à s'éloigner. Il broute le moindre brin d'herbe, sans quitter des yeux celle qui avait disparu de son univers et qu'il a attendu si longtemps.

11. En famille...

Le bruit d'un moteur réveille Paloma. Hébétée, elle se retourne et voit un camion approcher. Le faisceau jaune des phares l'aveugle. Une voiture le suit et se gare la première devant l'abattoir.

«Qui est-ce?» se demande-t-elle en se relevant gauchement. Liano observe lui aussi le véhicule. Il esquisse un mouvement de fuite, mais Paloma le retient :

— Là! Liano, n'aie pas peur.

Une femme accourt. C'est Aline qui crie aussitôt :

— Marc! Je la vois! Paloma, ma chérie!

Le lieu, si tranquille cinq minutes auparavant, retentit de claquements de portières, d'exclamations. Paloma reconnaît son moniteur, Marc, M. Lombettes et le vieux Jeannot. Un homme les accompagne, le visage à demi dissimulé par une casquette.

Paloma et sa mère sont face à face, séparées par la clôture de barbelés. Aline rit et pleure à la fois, en étreignant d'une main l'épaule de sa fille.

— Ma petite chérie ! J'ai vécu un vrai cauchemar ! Quand j'ai vu que ta mobylette avait disparu, et l'appartement vide... Pas un mot ! Enfin tu es là, bien vivante !

— Nous sommes bien vivants tous les deux ! répond Paloma d'un ton las. Pardonne-moi, maman, mais Marie m'a appris que Liano n'était plus au centre équestre... Alors je suis partie le chercher ! Et tu vois, je l'ai trouvé !

Leur aparté ne dure pas. Marc et M. Lombettes s'approchent à leur tour, avec des mines soulagées et joviales.

— La clôture s'ouvre par ici ! affirme le propriétaire de Liano. Ah, bon sang, j'aurais pu économiser un voyage, si j'avais su ça...

— Avez-vous une longe ? demande Marc en adressant un clin d'œil à Paloma qui ne comprend rien à ce remue-ménage.

Les deux hommes entrent dans le pré, suivis par Aline qui s'empresse de serrer sa fille dans ses bras. Elle en profite pour lui souffler à l'oreille :

— Le monsieur, là-bas, c'est ton grand-père Étienne !

— Comment ? murmure Paloma en ouvrant des yeux stupéfaits.

— Étienne Cuzenac, voyons ! ajoute Aline encore plus bas. Il t'a acheté Liano... Tout à l'heure, chez M. Lombettes, il a fait un chèque.

Paloma en reste muette, mais un nouveau flot de larmes coule sur ses joues, douces et tièdes, des larmes de bonheur, d'incrédulité aussi.

— Viens ! lui dit sa mère. Je vais te présenter.

L'adolescente se laisse emmener par la main. Très intimidée, elle porte ses regards mouillés sur le vieux Jeannot, qui arbore un large sourire de satisfaction.

— Étienne, voici notre enfant terrible, Paloma !

Étienne Cuzenac soulève sa casquette et se penche un peu pour embrasser sa petite-fille. Paloma a le temps d'apercevoir des yeux étroits, d'un bleu limpide, une moustache grise... Puis, baissant la tête, elle constate que son grand-père porte un pantalon d'équitation, des guêtres en cuir. Toute sa personne dégage d'ailleurs une odeur de paille, de chevaux et de tabac brun.

— Alors, mademoiselle ! s'écrie-t-il. Drôle de façon de lier connaissance ! Mais nous y sommes quand même. Ah ! J'ai bien reçu ta lettre, mais, étant absent, je n'ai pas pu répondre assez vite. Heureusement, mon vieux copain Jean s'en est mêlé.

Paloma voudrait répliquer par un « merci beaucoup », ou un « je suis si contente ! » mais un hennissement aigu, aussitôt accompagné d'un vacarme inquiétant, l'oblige à se retourner. Marc et M. Lombettes sont aux prises avec l'étalon, qui refuse de monter dans le camion.

— Laissez-moi faire ! hurle-t-elle. Surtout ne le brusquez pas !

Elle se précipite et prend la longe des mains de son moniteur. Liano, en la sentant près de lui, se calme immédiatement.

— Allons, mon Liano, sois gentil ! Là, ne crains rien...

Paloma le caresse à sa manière, de la voix et d'une main légère. À cet instant, elle se souvient de la fabuleuse nouvelle que sa mère lui a annoncée. Liano est son cheval !

— Mon cheval ! répète-t-elle. Tu entends

ça, Liano, tu es devenu mon cheval, on ne se quittera plus.

L'étalon agite ses oreilles. Son regard sombre s'emplit d'une douceur rêveuse. Guidé par Paloma, il franchit le pont du camion et entre sagement dans l'habitacle.

— Bravo, petite ! déclare M. Lombettes. Sacré animal, il te connaît ! Bon, je me mets en route.

— Je viens avec vous ! dit Marc. J'ai les clefs du centre équestre, « monsieur Liano » va récupérer son box... À tout à l'heure, Paloma, et vous Aline, n'oubliez pas, vous lui frottez les côtes de ma part. Elle nous fera tourner en bourrique, votre fille !

Aline hausse les épaules en riant tout bas. Étienne Cuzenac referme la clôture. Il semble intrigué par quelque chose, au fond du pré. Paloma le rejoint.

— Il y a deux autres chevaux..., soupire-t-elle, une vieille jument et un petit alezan, très vif. Eux, personne ne les sauvera.

— Non ! répond son grand-père. Personne... Partons d'ici, cet endroit me fait horreur...

Paloma s'attarde un peu, marmonne du bout des lèvres un « adieu » plein de tendresse et de pitié. Puis elle court vers sa mère, partagée entre ce dernier chagrin et l'immense joie qui l'attend de l'autre côté de la nuit.

***

Pendant le trajet du retour, sa mère raconte d'un ton exalté les événements de la soirée. Étienne Cuzenac, au volant, et Jeannot, assis sur le siège avant, font quelques commentaires au fil du récit. Paloma écoute, un peu gênée d'être au centre de ce tourbillon de paroles.

— J'ai d'abord appelé ton moniteur ! déclare Aline. Il ne t'avait pas vue. Ensuite, il a téléphoné à ton amie Marie, qui a vendu la mèche. Elle était sûre que tu avais filé chez M. Lombettes. Là-dessus, coup de sonnette ! Je pense aux gendarmes, je me dis que tu as eu un accident… J'ai failli m'évanouir ! Mais c'était Marc, monsieur Jean et ton grand-père. Je vous ai reconnu tout de suite, Étienne !

— Moi de même, Aline, vous êtes toujours ravissante !

— Et vous trop galant…

Paloma sourit, amusée. Sa mère lui paraît différente, plus vive, plus souriante. Le vieux Jeannot lance d'un air moqueur :

— Si vous aviez vu la tête d'Étienne, quand

j'ai débarqué dans son écurie. Je lui ai dit tout net : «Si c'est pas malheureux d'avoir une petite-fille qui adore les chevaux et de la laisser en plan, avec des ennuis gros comme ça, par-dessus le marché ! » On a causé un bon moment et on a pris la route... In extremis !

— Cela m'a rassurée de ne plus être seule ! poursuit Aline. Nous avons appelé Mme Lombettes. Son mari venait de rentrer, Paloma, tu l'avais manqué de peu. Nous sommes partis chez eux. Comme l'affaire était en attente, avec ce boucher de Saint-Lizier, ton grand-père a eu ce geste magnifique, il t'a acheté Liano...

— Ensuite, il suffisait de te retrouver ! conclut Étienne Cuzenac. En premier, nous avons ramassé ta mobylette, au bord de la route !

— Là, j'ai pleuré comme une folle ! intervient Aline. J'ai cru pour de bon à un accident... J'ai appelé l'hôpital. Quelle soirée !

Paloma se rappelle soudain qu'en effet sa mobylette se trouvait dans le camion de M. Lombettes, séparée de l'étalon par un bat-flanc, et attachée par un bout de corde à une barre intérieure. Elle se blottit contre sa mère, écoutant les conversations avec de moins en moins d'attention.

«Je n'ai plus peur, plus froid, juste un peu

faim..., pense-t-elle. Liano rentre au centre équestre. Je le verrai demain, après-demain, tous les jours de ma vie. »

— Merci ! chuchote-t-elle. Merci pour Liano !

Son grand-père hoche la tête. Il l'observe dans le rétroviseur.

— Je te devais bien ça, Paloma. Tu imagines le nombre d'anniversaires et de Noël où je ne t'ai pas envoyé de cadeaux ! Et puis j'avais une erreur à payer. J'ai perdu mon fils unique à cause d'un cheval, je me suis dit que je pouvais retrouver ma petite-fille grâce à un cheval... Nous en reparlerons.

Paloma approuve en silence. Un merveilleux apaisement l'engourdit, illuminé par cette certitude extraordinaire, Liano est devenu son cheval. Blottie contre sa mère, elle ferme les yeux, rêve d'un galop fou sur les chemins de montagne, seuls, tous les deux. Grisés de liberté et d'amitié.

Étienne Cuzenac explique encore, de sa voix grave :

— J'ai discuté avec ton moniteur, Paloma. Tu n'auras pas de pension à verser pour Liano, à condition de lui donner un sérieux coup de main. Il t'apprécie, cet homme. Tu as un bon potentiel, à son avis. D'ailleurs, à ce sujet, j'ai une proposition à vous faire, à ta mère et à toi…

Mais Paloma n'a rien entendu. Elle s'est endormie, après avoir chantonné en sourdine, encore une fois : « Liano, je t'aime… »

Retrouvez Paloma et Liano dans :
Liano « hors-concours »
Liano entre en piste

Florence Reynaud

L'auteur est née à Angoulême, au sein d'une famille venant de plusieurs horizons. Ses rêves d'enfant étaient peuplés de chevaux, de loups, mais aussi de longs voyages autour du monde ; elle espérait devenir un jour archéologue ou écrivain.

Mère de six enfants, lectrice avide, elle a finalement choisi l'écriture qui lui permet de raconter des histoires dans lesquelles les animaux ont souvent un rôle important...

Elle vit maintenant en pleine montagne, en Ariège, au cœur d'un paysage très beau qui a le pouvoir de lui donner beaucoup d'inspiration.

Cet
ouvrage,
le neuf cent
trente-quatrième
de la collection
CASTOR POCHE,
a été achevé d'imprimer
sur les presses de l'imprimerie
Maury Eurolivres
Manchecourt - France
en septembre 2006

Dépôt légal : juin 2003.
N° d'édition : 2034. Imprimé en France.
ISBN : 2-08-16-2034-0
ISSN : 0763-4544
Loi n° 49-956 du 16 juillet 1949
sur les publications destinées à la jeunesse